時季《とき》のたまもの

季語35を解く

関森勝夫

Sekimori Katsuo

本阿弥書店

時季《とき》のたまもの——季語35を解く＊目次

春

時季《とき》のたまもの——季語35を解く

装丁　巖谷純介

春

春雨

雨は嫌いでも、春雨に月形半平太のしゃれたせりふを思い出す人は多いのではないか。しかし、宇宙まで公害に侵され酸性雨という害をもたらすものに、しっとりと濡れたいなとど思う人は居ないだろう。だが、家居のつれづれに静かに雨脚を見つめるのは古今変らぬ春の一興というものだ。

春雨は別に膏雨《こうう》ともいう。「膏」はあぶら、こえるの意。「膏雨」とは草木をうるおす雨である。蓼太《りょうた》の句に「ものの葉にあぶら降る夜の暗さかな」(『蓼太句集三篇』)がある。昔は、春の雨と春雨とを明確に区別した。「春の雨」は春季に降る雨の総称であり、厳密にいえば、正月から二月初めに降る雨であった。「春雨」は二月末から三月に降る雨をいった。すなわち、『三冊子』は次のように書きとめている。

春雨は小止みなく、いつまでも降り続くやうにする。三月をいふ。二月末より用ふるなり。正月、二月初めを春の雨となり。

この記述は、早く『連歌至宝抄』の「春も大風吹き、大雨降れども、雨も風ももの静かなるやうに仕り候事に候」という教えに則ったものである。

季題をかく詠むべきもの、という型を学び、これに従って作句するいわゆる季題趣味の復活を意図するのではないが、今日では季題がテーマとならないとはいえ、春の雨も春雨も気にするでもなく使用する無神経さが気になるのだ。天然現象ばかりではなく、われわれを取り巻く季節のものに対して繊細な神経を磨き、現代の感性により見直すことは、俳句作りに必須のことと思われるのだが。

春雨や蜂の巣つたふ屋根の漏り　　芭蕉

『炭俵』所収。

一読わらやねの田舎家が浮ぶ。庇の下に大きな蜂の巣があり、その巣にわらやねを漏った雨の雫が伝わり、その巣から雨滴が縁先を濡らしているのである。芭蕉は所在なく部屋の中からこの光景を眺めている。変化のない刻が流れつづける。

大自然の懐深く、人も生きとし生けるものもつつまれて和を保っている、温かで和やかな雰囲気が読む者の心を穏やかにさせる。

「不性さやかき起されし春の雨」（『猿蓑』）と同様に、芭蕉の寛いだ神経が伸びやかに広がっている。

大野林火は

春雨や藁《わら》の満ちたる納屋の闇　『雪華』

とよんでいる。豊かな田家のさまが想われる。作者を幼少の世界に引き入れるのは藁の匂いとあたたかな暗闇である。

春雨や降るとも知らず牛の目に　来山

『夢の名残』所収。

放牧されて牧草地にすわり、人をうさんくさそうにながめている牛の姿が浮ぶ。降っているのかどうかわからぬ小糠雨《こぬかあめ》。悠然と臥している牛。大きな目へまつ毛を伝って落ちる雫によって雨の降っていることを知ったのである。見開かれ、じっと動かぬ牛の大きな目、動くともない雨の静かな降りざまの対応がいい。連歌書の教示通りのしずかな春雨の様子と、晩春のものうさが受けとめられる。

牛の日に焦点を合せた詠みぶりが大胆かつ斬新であった。

池内たけしの

春雨もまだ庭石を濡らすほど　『欅』

の句と、長谷川かな女の

傘ささぬまだ人通り春の雨　『雨月』

の句がある。いずれも細かな雨の降りざまを詠んでいる。

春雨やはなればなれの金屏風　許《きょ》六《りく》

『韻塞』所収。

いかにも狩野派の画をよくした許六の句だ。対をなす屏風が、間隔をおいて立っている。そのため景が完成しない感じなのだ。そこに部屋の寒々とした気分が出ている。ここは客間に違いない。来客もないのでいまは心使わぬまま放置されているのである。そのゆるんだ人心が春雨のけだるい気分に適う。

許六の画を見るには彦根にある井伊家の菩提寺龍潭寺に行かれるといい。ここの襖絵すべてが許六の筆になる。見事な画である。

高浜虚子は

春雨のかくまで暗くなるものか　『六百五十句』

とよむ。明るいふりざまといわれる春雨の、部屋中暗くなるほどの降りように驚いたのである。作者の心中も暗く沈んでもの悲しい。虚子には珍らしい心中の吐露。

春雨や鼻うちくぼむ壬生《みぶ》の面　几《き》董《とう》

『井華集』所収。

几董は高井氏。別号、春夜楼、晋明。父几圭に俳諧を学び、明和七年（一七七〇）蕪村の門に入り、明和九年父の十三回忌追善集『其雪影』を刊行。蕪村没後蓼太のすすめにより夜半亭三世を襲名した。其角に私淑、其角の『雑談集』にならい『新雑談集』を編み、芭蕉追悼集『枯尾花』に対して蕪村没後『から檜葉』を編んだ。

「壬生狂言」は、京都市中京区の壬生寺で陰暦三月十四日から一〇日間行われた、仮面劇。壬生念仏といわれた。今は四月二十一日ごろから一週間ほど行われる。

ここはおそらく狂言の仮面そのものではないだろう。『滑稽雑談』に「この会場において俳優の面をまねびて張貫の面を作りてこれを商ふ。~当世に至りて人物畜類の仮面、あげて数ふべからず」と出る、売られている面と思われる。「鼻うちくぼむ」ととらえた目がいい。ユーモラスな表情の面であることがわかる。面そのものも気どらないものであり、無骨なところに愛着が持たれもするのだ。その面に、素朴な壬生狂言を演じる土地人の姿も浮び上る。生温かな春雨の情趣が、民衆の中に溶け込んだ、仏教説話の壬生狂言の雰囲気に適う。

蕪村は「長き日を云はで暮れ行く壬生念仏」(『落日庵句集』)とよんでいる。無言劇の進行と日永ののどけさが重なって春の気分を巧みにとらえている。

細見綾子は

春雨が鼻つたひ貧しくたくましき　『冬薔薇』

とよんだ。戦後復興期の庶民の姿をとらえている。傘を漏る春雨に鼻をぬらしても食べるために働かなければならない。季節の特徴である春雨の情趣など、味わう余裕などないことが悲しい。物質も精神も乏しいときを再び想い起こさせる。こうした努力の積み重ねがなければ今日の繁栄はなかったのだ。いま、季節の推移を賞でることが出来る充足した生活に感謝しなければならない。

残雪

大学までの道はかなりの昇り坂である。その中途に富士が望まれ、道の傾斜がきつくなり、やがて右折すると正門に出る。この急坂になるところを振り返ると、南アルプスの一部が見える。とくに残雪のころが美しい。前山の木々の芽吹きによって青み出したころ、山の重なりの間に、真白く輝く南アルプスが、己が存在を誇示するかのように見えるのがいい。

残雪の威厳とか美景にふれる機会が少ないから、何処の山が一番いい、という言い方は出来ないが、林火先生が愛好された、淡墨桜を見に行ったときの白山の残雪の美しさが強く印象に残っている。四月上旬のウィークデーだったが、数キロの渋滞。ようやく土地人に抜け道を教えてもらい、川沿いの蛇行する道を危うい思いで走っていたところ、まさに突然といった現われ方で前方に雪の山が聳え立った。運転の友と同時に「あっ」と声をあげた。白銀の輝きのまばゆさとその存在感に、神の出現のような神々しさに心打たれた。

白山との初めての出合いであった。
林火先生は、初めて根尾を訪れたとき四句を作られているが、その中に

花匂ふ能郷白山の雪の香か　『飛花集』

がある。このときも残雪が美しく輝いていたに違いない。

木枕のあかや伊吹にのこる雪　丈草

『鳥の道』所収。
この句には長い前書がある。この前書を付して味わうのと句のみで理解するのとでは大きなひらきが出る。結論を先に言えば、この句を有名にしたのは、芥川龍之介が「この残雪の美しさは誰か丈草の外に捉え得たであろう」と推賞したことによる。前書によれば、丈草は単に残雪の美しさをよんだものではなかったことがわかる。龍之介は前書を抜きにして句を「残雪の美しさ」ととらえた。この相異を次に述べるが、先ず、前書を掲げておこう。

身を風雲にまろめ、あらゆる乏しさを物とせず。たゞひとつの頭のやまひもてるゆへに、枕の硬をきらふのみ、惟然子が不自由なり。蕉翁も折々是をたはぶれ興ぜられしにも、此人はつぶりにのみ、奢をもてる人也とぞ。此春故郷へとて、湖上の草庵をのぞかれける。幸に引駐て二夜三夜の鼾息を聽とす。猶末遠き山村野亭の枕に、いかなる木のふしをか侘て、残る寒さも一しほにこそと、背見送る岐に臨て

とある。つまり、丈草の草庵に泊った惟然子が、故郷に帰って行くのを見送っての句であった。「惟然」は別号、素牛、風羅堂、鳥落人など。美濃国関の人。元禄十一年ころから口語化の傾向を示したが大成しなかったが、一茶の口語調に影響を与えたという。

更け行くや水田のうへの天の川　『惟然坊句集』
水鳥やむかふの岸へつうい〱　『　〃　』

などが知られる。芭蕉晩年には近侍してその側を離れなかった惟然は、丈草の篤実な人柄に特にひかれるものがあったようで親交があった。丈草もまたよくその人柄を理解していたようである。故郷に帰る惟然を見送り、これから先の旅寝に、きっと枕の硬いことをかこつであろう。しかし、故郷に帰れば、ゆったりとくつろげるのだから、しばらく我慢し

たまえと励ました様子が想像される。「木枕のあか」は丈草の庵のもの。「伊吹に残る雪」は、遠望される景だ。髪油でてらてら光った「木枕」は、草庵の侘しさそのものである。その鈍い光が、小さく見える伊吹山の残雪の鈍色に共鳴する。「残雪」の美しさというより、時季をはずれて残る雪の景のわびしさである。新雪の清澄な輝きを思いうかべて、深まった春に残る雪の濁りを帯びた色合いを感じる。その景は丈草、惟然のわびしい生活の匂いを背負ったものでもあった。しかし、この「伊吹山」は二人にとってはなつかしい景であった。美濃国関の惟然は、故郷では見馴れた山であったし、芭蕉が「折々に伊吹を見てや冬籠」（『笈日記』）とよんだ山でもあったからである。伊吹山にはきっと残る雪が深々とあることだろうと想像してもいるのだ。粟津の別れの道からは伊吹山は大きくは見えない。その遠望の山を二人の頭の中では大景として浮かび上らせ、「残る雪」の伊吹山の姿をなつかしんでいたことであろう。

この句に応じて惟然は「うぐひすにまた来て寝ばやねたい程」と、丈草の庵で安らぐ心持を素直に表白している。

大橋桜坡子は

けもの臥すごとく汚れて残る雪　『引鶴』

と残雪の塊をよんでいる。

山々や後ほど白くのこる雪　　蝶夢

『草根発句集』所収。

山国の春の景。春もまだ早いころが感じられる。峠路とか丘に登っての眺望と思われる。里はすっかり雪も解け、木々が芽吹き始めてはいるが、周囲の山々にはまだ雪が残っている。前山は薄く、そのうしろはやや厚くと、重なる山の一つ一つに視線を移して行くにつれて、残る雪の厚さも、白さの輝きも変って行くのだ。「後ほど」に重なる山が多いことが受けとめられ、「白くのこる雪」と読み下すと、後方の山々の残雪のまぶしさが浮かび上り、素直だが、巧みな表現といえる。

谷野予志も

遠山の残雪の照る午後を待つ　　「馬酔木」

とよむ。残雪の輝きを好んでいることがわかる。

囀りに鳥は出はてて残る雪　北枝

『印の竿』（湫喧編。宝永二年刊）所収。うらうらとした春昼。「百千鳥《ももちどり》」の季語が想いうかぶ。多くの鳥たちはうかれて囀っている。鳥の声が遠近に響きわたっている。あるものは空で、あるものは木々の梢で。その他の物音は何もない。近景の山には雪が残ってはいるが、周辺の木々は芽吹き始め、うす緑の色彩が冬枯れの景を塗りかえている。野には陽炎がゆらめき立っている。「出はてて」の表現が巧みである。鳥という鳥すべてが、恋の相手を探しに忙しく飛びまわっているさまが想像出来る。まばゆい春光を捉えた句である。

几董にも

鳥騒ぐ市中遠く残る雪　『晋明集二稿』

がある。市中の春昼ののどけさをとらえた。

相馬遷子は

残雪やつぶての如く鳥の影　「馬酔木」

と山国の鳥の躍動感、生命力をとらえた。春到来に人の心も弾んでいる。

藪かげや足軽町の残る雪　　凡《ぼん》兆《ちょう》

『五百題発句集』所収。

「足軽町に」ではない所に注意すべきだ。「足軽町」の「残る雪」が「藪かげ」にあったのである。他はすべて消え去ったのに、日のあたらぬ藪かげに固まって凍てついた雪が、ものの影のように汚れ、忘れられて残っているのだ。美しい白さを失って残る雪に、足軽町の存在そのものを見て取ったのである。単なる叙景句のようだが、場所柄の特色を見据えた作者の眼は鋭い。

巖谷小波には

藪蔭や一路斜に残る雪　　『俳諧木太刀』

の寒々とした叙景句がある。

雛祭

仕事が一段落し、息抜きに開いた、「俳壇年鑑」（六十二年版）に、藤田湘子氏の、

雛段に駈けのぼらんと思はずや

を見つけ、ただちに長女の幼少の姿が立ち上った。長女はこの句によまれた通り、雛の誘いに乗ったのか雛段にのぼっていた。昭和四十二年（一九六七）二月生れの長女が、雛段にのぼったのは、四十三年の三月のことだったと思う。八、九ヶ月でつかまり立ちをし、十一ヶ月にはよちよち歩きをした子であった。いつも何かいたずらの対象を物色しているようなところがあって、目が離せなかった。妻の留守に子守りをしていて、本に夢中になって、ふと気づくと側に子供が居ない。あわてて立ち上り、隣の部屋の襖を開けると、なんと、雛段の二、三段目に腹ばいになって雛と遊ぶというかっこうで、手近の雛を持ってなめていたのである。びっくりしたが、大きな声を出し、段から落ちでもしたら危いので、

近づいて抱き上げ、ほっとした。スチール製の段ではあるが、そうがっちりとしたものでもないから、長女がもっと重かったら崩れていたことだろう。後になってぞっとすることがこの後にも多くあり、この長女の成長過程でははらはらさせられつづけた。

藤田氏にもあるいはそうした思い出があったかもしれない。雛段の前に静かに座っている女の子の胸中をのぞき込んだような句である。しずかにすわっていても、女の子はきっと鮮やかな赤い段を昇って、貴賓席の上段に並びたい欲求を強く抑えているに違いない。行動して反省する男と違って、じっくり機を待つ女の特性にも触れている。

草の戸も住み替る代ぞ雛の家　　芭蕉

『おくのほそ道』所収。

元禄二年（一六八九）三月、芭蕉は「おくのほそ道」の旅に発った。旅を前に住み慣れた庵を人に譲った。後に入った人は女の子を持ち、折からの雛の節句に草庵に雛が飾られた。思いもかけないことであった。いぶせき草庵の、男世帯から世帯持の和やかな家に急変したことに対する詠嘆である。この世は変化して止まないとは観念では知ってはいたが、まさかこんな草庵までもが住み替るときが来るとは思いもしなかった。世捨て人の芭蕉の身辺でさえも変わることへの驚きが表出している。その変わりざまも、侘しさから人温の通う家庭に大きく変化した、そこに興を感じたのである。「草の戸」のとるに足りない家も、「雛」が飾られてみると、それ相応に「家」らしく見える、というのである。「代ぞ」は、無常の世への慨嘆である。変化することが常なる人の世を芭蕉は提示したのだ。『おくのほそ道』を流れる不易流行の思いを具現した句といってよい。

阿波野青畝の

草の戸の能役者たる雛かな　『國原』

は、静閑の境に住む能役者の品位をとらえた。

綿とりてねびまさりけり雛の顔　其角

『其袋』（嵐雪編。元禄三年）所収。

其角は榎本氏。のち宝井氏。別号螺舎。宝永四年（一七〇七）二月三十日（二十九日とも）没、四十七才。江戸の人。父竹下東順は医師。延宝初年芭蕉門。貞享四年（一六八七）『続虚栗』を出版、江戸蕉門の風を確立。元禄七年（一六九四）十二月芭蕉追善集

『枯尾花』を編む。この中の「芭蕉終焉記」は特に知られる。「ねびまさる」は「老成勝る」と書く。年よりもおとなびて見えることである。雛を箱から取り出し、顔をつつんだ綿をとると、つややかな顔があらわれる。昨年より一段と成長したように感じられた、というのである。一対の夫婦雛であろう。童顔の二人が、一年経過して、大人びて見えたのである。実際の世間における子の成長の早さを背景にして、一年に一度会う雛の様相を思いやった句である。つくづくと雛の顔を見守っている姿が浮き上って来る。雛をよみながら、生身の艶が添うのは、其角の才である。

水原秋櫻子は

天平のをとめぞ立てる雛かな　『葛飾』

と、古代人の相貌を思いやっている。この句には、おおらかな万葉人が、桃の花の照る下に立った健康的な乙女を賞賛した景が適う。ふっくらと下ぶくれの美人の様相が想われる。生命のない雛にいのちを吹き込んで、いまにも小さな口から優しい言葉がこぼれ出るかのようだ。

裏店《うらだな》や箪笥《たんす》の上の雛まつり　几董

『晋明集二稿』所収。

「裏店」とは、裏通りに建つ家であり、表店に対する語である。裏店の狭い住居では、部屋に雛段を飾る場所などはないし、勿論、豪華な雛を買う力もない生活ぶりである。しかし、たとえ一対の雛であろうとも、雛の節句には子の成長を祈って飾ってやる親心は誰にもひけはとらない。

「裏店や」の詠嘆の裏には、当然のこと表通りの家の華麗な雛飾りが想いうかべられている。簡素な雛飾りではあるが、日常を懸命に生きている庶民の生活ぶりが受けとめられ、心和むものがある。庶民層のくらしぶりをよんで暗くならないのは、作者の人間肯定の精神の表れである。

秋元不死男も

厨房に貝があるくよ雛祭　『街』

と下町の雛祭をよんでいる。台所を貝が歩いている様子に、春の夜の生めいた感触がいいとめられた。家内に潮の香が漂っている。

雛の間にとられてくらきほとけかな　　暁《きょう》台《たい》

『暁台句集』所収。

普段は仏間として、年寄りが朝夕唱える読経が洩れていたのだが、いま雛の節句とて、仏さまの前に雛段が広がっている。そのために仏壇が蔭になってしまっている。「くらき」の表現には、逆に雛飾りの明るさが浮き上る。言うまでもなく、緋もうせんの赤さ。夕べにはぼんぼりに火が入り、部屋全体が華やぐ。雛段の明るさに比べ、部屋の主役である仏様が暗い仏壇の中に、軽んぜられて存在しているというのである。誇張したことを承知でいえば、死と生との対照をも、自然のうちに意識させられる。いま生のみが強く浮き上っているさまである。この日ばかりは、仏様より生きている者が中心に動いているのだ。

中村草田男は

雛の軸睫毛向けあひ妻子睡る　　『火の島』

とよんでいる。この句も雛の夜の華やぎであり、家族のぬくもりが表出し、これを見守る作者の幸福感溢るる句である。

蠟燭《ろうそく》のにほふ雛の雨夜かな　白雄《しらお》

『白雄句集』所収。

春雨が降りつづく夜、空気は生あたたかい。雛の飾られた室内はろうそくの灯りで明るい。ろうそくのにおいが、また生めいている。「雨夜かな」の詠嘆に潤いのある春夜の闇が見え、対照的に雛飾りのはなやかな景が、一層豪華に浮き上ってくる。雛段を前に祝い膳が並べられ、一家中が白酒や料理に興じていた様子も想われる。雛飾りや雛そのものを対象とした句が多い中で、照明の匂いに雛の節句の夜の雰囲気をとらえたのは珍しい。町中の家というより、地方の豪邸のさまが想われる。

長谷川素逝も

雛の夜の燭にむかしのあるごとく　『素逝句集』

と、昔の景に和して楽しんでいる。

紙雛や奈良の都の昔ぶり　蝶夢

『草根発句集』所収。

「紙雛」は紙製の雛人形。江戸初期はこれが主で、二、三対の紙雛を雛屛風に立てかけて飾った。

句意は平明ながら、素朴な紙雛への共感、節句への弾み心が表出している。

星野麦丘人には

紙雛に生《いき》の二つの影置くも　「鶴」

がある。ひっそりと生活する者の二つの影を得てこの紙雛に命が宿った。

接木

藤枝の市の花は藤である。近くに蓮華寺池があり、公園が整備され、長い藤棚も設けられて、花季はその下に入ると匂い壺の中に入った気分になる。狭庭には白と紫の藤がある。おかめ藤の白は毎年よく咲くが、紫の方は十年経つのに一度も咲かない。茅ヶ崎のときもそうだった。父のところにあったときは鉢植えで三尺の見事な花をつけていたという。茅ヶ崎の家で地におろし八年程、藤枝で十年、もう花はつけないかもしれない。花つきの悪い性の木だから接木しなければ駄目です、と植木屋はいい、折をみてやりましょう、と言ったきりすでに三年経つ。是非といわないから忙しさにまぎれて忘れられてしまうようだ。毎年つるを伸ばし植木にからみつくので、大雑把に私が苅り込むからへそを曲げて花を見せないのだと思う。あきらめて根元から切り捨てようかとも思うが、どうも切る勇気がなくそのままにしてある。機会をみて植木屋に命じて接木をしてもらおうかと思っている。

接木は、果樹、花木の繁殖法で、実生では親株の良い性質が伝わるとは限らないので、良い性質の木の枝や芽を切り取って接木するのである。桑に楊梅をつぐと酸みはなくなり、柿に桃をつげば金桃となり、李に桃をつぐと李桃になる、と『改正月令博物筌』にある。『新撰六帖』に「見ればかつ元木の花は散り果てて八重咲きかはるつぎ桜かな　光俊」の作が収録されている。

小刀のそれから見えぬ接木かな　　文考

『東華集』所収。

接木には、芽つぎ、枝つぎ、根つぎなどがある。幹になるほうを砧木《だい》、つがれる芽や枝を接穂という。砧木の接着面を小刀で平らにし、ぴたりと合わせ、ゆわえる。「接目急ならず緩からず、皮と骨とくひちがはぬやうにすべし」（『改正月令博物筌』）との指導がある。

接木をした小刀が、それ以後見えなくなってしまったことをよんでいる。細心の注意が必要で、接木をしてほっとしたため、何処かに置き忘れてしまったのである。こうしたことも長い冬から解放され、のどかな春の気分を楽しむ心の証の一つである。

蕪村にも

菜畠にきせるわするる接木かな　『夜半叟句集』

という句がある。一仕事終えた一服が心を解放させたのだ。

長谷川零余子の

雨雲の春重畳と接木かな　『雑草』

は春の長雨、という天候の特徴をとらえている。

家内して覗きからせし接木かな　太《たい》祇《ぎ》

『太祇句選』所収。

接木してから、大分時間が経ってからの様子である。おそらく果実の木であったろう。もう芽を出すころだろうのになかなか芽が動き出さない。かわるがわる接いだ部分をのぞき見たのだ。そのためについにその接木は芽ぶかなかった。後悔しながら互いに苦笑し合ったことだろう。良い結果は早く知りたい、人の心理が表れており面白い。短気は損気という諺が思いうかべられる。こうした家庭は和やかで善意の者たちばかりであることが受けとめられ、ほほえましい。

見たいもの花もみぢより継穂かな　嵐雪

『其袋』所収。

この句もまた、接木した結果を早く知りたい、という心理をよんでいる。「花もみぢ」と誇張した比較が面白い。一般人が花や紅葉にあこがれを持つ以上に「継穂」の出来不出来が気にかかるという、特異な人物の様子を際立たせた。特異な人物とは、人の好むものを人並みに好むのではなく、自分の好みを大事にし、人に左右されない、頑固な風流人のさまである。嵐雪は「黄菊白菊その外の名はなくもがな」（『玄峰集』）とよむ男だ、きっと他人の事をよんだものではなく、自ら接木したときの実感をよんだものとも思える。他人に向って語りかけたような表現も一特色である。「継穂」の動きを吾が子を慈しむように眺め立つ嵐雪の様子が見える。

山口青邨の

湖の夕日さしゐる接木かな　『露団々』

には、接木の後の落ち着いた様子が受けとめられる。

庭中にあるじ酒くむ接穂かな　白雄

『白雄句集』所収。

この句も接木の後の安堵のさまである。嵐雪の句にも人からいわせれば、偏屈な人物といわれる趣味人がよまれていたが、この白雄の句も又、良い花木を育てたくて種々接木させる主人の風貌がうかがわれる。接木をしてもらったのだろう。その働きに感謝をしながら、慰労の酒をすすめているのだ。ふみ込んでいえば、酒好きなこの家の主人は、最前より接木のさまを眺めやり、ちびりちびり酒を飲んでいたとも思われる。大きな屋敷の、庭中ののどかな春昼の一景である。

原石鼎の

接木してこち向かぬ父あはれかな　『花影』

は、白雄の句と違って風流のためではなく、むしろ農事のための労働をよんだものと思われる。数本の木の接木であったろう。黙々と接木に傾注し、一時もふりむかぬ父の姿にあわれさえ感じている。老の一徹といった姿が浮かぶ。

垣越しにものうちかたる接木かな　　蕪村

『蕪村句集』所収。

垣の外は小径になっていたのであろう。庭で一心に接木をしている者に、馴染の者が声をかける。接木をしているものは一言か二言言葉を返すにすぎない。外の者は一方的に語りかけ、その応答ぶりに気のないことを知り立ち去って行く。そうした一連の行動が見えてくる。「ものうちかたる」の表現に接木している者が、対話に心が入っていない様子がわかるからである。話に応じていれば「ものうちかたる」というよそよそしい表現にはならない。語りかけられては迷惑なのだ。うらうらとのどかな春昼の一情景。

篠原温亭は

接木する人を離れて見て立てり　　『温亭句集』

とよむ。邪魔にならぬよう、接木の手際を眺めて楽しんでいるのだ。この句にもまた春昼ののどけさが受け止められる。

夜に入れば直したくなるつぎ穂かな　一茶

『文化句帖』所収。

日中、一生懸命に接木し、得心した仕上りだったのだが、夕餉をすませて、接木のことを思いうかべると、さてあれでよかったたか、と気になって仕方がない。気になるとあれこれ気にかかる所が出て来る。そういえばあの接着具合がややあまいかもしれない。仕上げの後のしばり方が強すぎたかもしれない。明日になったらもう一度気に入ったようにやり直そう、などと考えて落ち着かない。接木のことを考えるのは、見事成功して立派な結果が得たいからなのだ。あれこれ考えることがまた楽しいのである。人間の心理の一面が表出した。

田村木国の

接木ふと心もとなき夕餉かな　『秋郊』

も同様である。時代が隔たってもこうした心理には変わるものはない。

蝶

のどかな春景の演出に蝶は恰好のものだ。誰でもこの蝶との出会いの強い印象を持っているに違いない。私も数多い蝶の印象の中で、今もなお目裏に焼き付いている景は、昭和六十一年（一九八六）、中国杭州から蘇州までの汽車の旅でのものである。汽車にあおれ舞い上り、後方へ消えて行く蝶の、白い花片のごとき光、次から次へと湧き上っては消える沢山の蝶に魅せられつづけ、汽車の旅に満足した。こうした景は久しく忘れていたものであった。日本も数十年前まではこうした野趣は各地にあったのだ。

蝶は種類が多い。わが国に産するものでも五〇〇種を超えるほどだという。普通に見られるのは、シロチョウ科に属するモンシロチョウ、モンキチョウが代表品種である。

連歌書の『連珠合璧集』に「蝶とアラバ（こてふ）。夢。花園。舞ひ」とある。「夢」とは「胡蝶の夢」の故事による。

それは荘子が夢で蝶となり、百年を花上に遊んで、目覚めたとき、自分が夢で蝶となったのか、蝶が夢を見て今自分になっているのか、と疑ったということによる。(『荘子』〈斉物論〉)こうした夢幻境に遊べる幸せを想う。

異名として『改正月令博物筌』には「胡蝶、黄蝶、鳳車《あげはてふ》、野蛾、採花使、粉柏、蛺《けう》蝶」が載っている。

青空やはるぐ〳〵蝶のふたつづれ　北枝

『芋頭』所収。

深く澄んだ紺天。二頭の蝶がもつれながら飛んでいる。上下しつつ次第に高くあがり、視界から遠ざかって行く。「青空や」と大景を提示し、次第に距離を隔て、蝶の形が失われ、光の動きのごとくになっていく様子をとらえた。

「ふたつづれ」から、まるで舞台で恋人同士が道行きを楽しんでいるかのような姿を想像させる。青空の明るい、広い舞台で、存分に若さをぶつけ合っている、生々とした蝶の様子に、声援を送りながら春の一刻を楽しんでいるのだ。作者の身体は日に温められ、芯から睡気が襲って来ている。

大野林火の

あをあをと空を残して蝶分れ　『早桃』

も同様の景。この句は蝶の舞いわかれた後の空の青さに焦点がある。作者の耽美的傾向が最も強く表れた句である。

夢殿をうかれ出づるか蝶の影　蝶夢

『草根発句集』所収。

「夢殿」は、法隆寺東院の金堂、八角円堂。聖徳太子の斑鳩宮の跡に、七三九年行信によって造営された。太子の夢に金人が現れ教示したという伝説に基づき夢殿と呼ばれる。太子等身の像といわれる、救世観音像を安置する。

古都の春景。法隆寺の境内を歩きつつ、折々蝶のとぶ姿を目で追っていたのであろう。夢殿の辺からこつ然と現われた蝶の弾む姿に、太子ゆかりの夢殿で、楽しい夢を結んでいた蝶が、いま目覚めて外光にうかれ飛んでいる、と受け止めたのである。自分の雅号も荘子の夢から得たに違いない蝶夢のこと、夢殿で出会った蝶に人一倍の親近感を抱いたのだ。

この句は、太子の夢と荘子の夢とが重なり合って、超現実の世界の蝶の姿を現出させた。

「夢殿」という場所を得て、優雅な雰囲気を漂わせるのにも成功している。

高野素十は

方丈の大庇より春の蝶　『初鴉』

と、思いがけない所から現われた蝶に驚嘆している。仏様がこの世に贈ったものであるかのように受けとめたのだ。高所から低所へと小さな生き物を手元に引き込んで、のどかな「春」を諾《うべな》っている。

風の蝶きえては麦にあらはるる　青《せい》蘿《ら》

『青蘿発句集』所収。

やや強い風の吹く日。野にとぶ蝶が風に流されるようにして視界から消える。しばらくすると麦の畝から舞い上ってくる。「きえては」の表現からこの動きが一回限りのものではないことが受けとめられる。風にさらわれた蝶が今度は何処から現れるだろうかと期待しながら歩みをつづけていることも想われる。消えては現れる蝶は、必ずしも同じ蝶ではなかろう。中には、麦に休んでいた蝶が、麦畑を吹き分ける風に飛び上らねばならないものもいたことだろう。だがその浮沈の動きが楽しいのだ。のどかな野中の道を行く弾み心。

原田種茅は

川越えて来し蝶になほ麦つづく　「石楠」

と、休息のない蝶の動きに、青々と広がる麦畑をとらえた。

蝶飛んで風なき日ともみえざりき　暁台

『縦のならび』所収。

風のないおだやかな春昼。まばゆい光の中を蝶が飛び交っている。蝶の動きを目で追っていると、風に流されでもしたようにひらひらと左右に飛ぶ。身辺に風らしい風を感じないのに、蝶のとぶあたりには風の流れがあるのだろうかといぶかしんで眺めているのだ。句のリズムのおだやかさに、春日ののどけさが表出した。

富安風生も

一蝶とその影のみに遠渚　『朴若葉』

と、浜辺の春日ののどけさをとらえた。先ず一頭の蝶をみとめ、低くとぶ蝶の印す砂浜の影を見つめ、視界から遠ざかって行くまで眺め立っている。波の白線をつれて長く渚がつづき、その先はかげろうの中に消えている。

はつ蝶のちいさくも物にまぎれざる　白雄

『白雄句集』所収。

春の蝶の活々とした姿を巧みにとらえた。ものみな活気づく春は、小動物の動きまでもが他季とは異なっている。同じ蝶の比較でいえば、春季の蝶と、秋季のそれとでは動きそのものがかなり相違している。

小形の蝶。小さな蝶とはいえ、今年初めて見た蝶は敏捷に飛びまわり、生気溢るる草木の緑にまぎれることなく、その存在を誇示しているかのようだ、というのである。

躍動する春季の特長が表出している。

相生垣瓜人は、蝶の動きを見つめ、

初蝶を操る者のある如し　「馬酔木」

とよんでいる。舞台で黒子が操る作りものの蝶の動きを意識に上らせて、野の生々とした蝶の動きを、造化神が操っているものと思いめぐらしたのである。

大はらや蝶のでて舞ふ朧月　丈草

『北の山』所収。

「大はら」は洛西大原野である。ここには西行剃髪の寺という勝持寺があり、西行桜などが残っている。小塩山は木下長嘯子が庵を結んだ所だ。この二人は芭蕉が尊敬した人物である。

朧月夜の大原野。蝶の浮沈に夢幻境に誘われ、歴史の時間に漂う。丈草はそこで西行・長嘯子に出会い対話し、春宵の一時を楽しむ。この「舞ふ」は能のものであり、夢幻能だ。

中川宋淵も夜の蝶を見届け、

蝶々の大庇舞ふ月夜かな　「雲母」

とよんでいる。禅寺の静寂に舞う蝶は、仏の放った美珠とも思えるほど優艶であったことだろう。

雲雀

子供のころから小鳥が好きだった。無類の鳥好きだった祖父、父の影響によるのだろう。祖父は鳥道楽で店を潰したといってよい。父も常時数羽の目白を飼って楽しんでいた。口ぐせのようにみそさざいの声はいい声だ。つかまえて飼いたい、と私に聞かせた。私もほおじろ、目白、うぐいすなどを飼った。うぐいすはひなの頃か、霜の下りる前でなければ餌付け出来ないと教えられたが、自分で採りたくて目白を囮に、もちを着けた枝を籠に挿して採った。やはり餌付かないままに死なせた。身近な野鳥ではしじゅうから、ひばりなども好きである。だが、ひばりの声に魅かれながらも不思議につかまえて飼おうという気は起こらなかった。近所にひばりだけを数羽飼っていたおじさんが居た。その家の垣の間から、軒に吊された大きな籠の中で囀るひばりを眺めながら、何故かもの悲しくなってくるのであった。天空で姿を見せず囀る声を浴びながら、籠の鳥を逃してやりたいと思ったりした。ひばりは、私の飼った鳥よりも大きく、勢いがあって、籠の中で飛び上って鳴いていたから哀れに思われたのであろう。ひばりの異名には、姫雛鳥、告天子、叫天子などがある。

朝はしる駒の蹴あげの雲雀かな　蓼太

『蓼太句集二篇』所収。

潔い句だ。溌剌とした気分が漲っている。動的なリズムの効果であろう。
朝、厩出しの気負った若駒が、広い野を駆け廻っている姿が見える。その駆け廻る駒が蹴り出したかと思われるほどに、中空より鳴き始めたひばり。空気はしんと冷えており、広野の果てには残雪の山脈が見えているであろうことなどが想像出来る。
上田五千石の

オートバイ荒野の雲雀弾き出す　『田園』

も同じ情景である。こちらの方は、現代の利器のオートバイを駆使する青年の姿であるが、ニヒルな顔付きの若者が見えてくる。弾き出されるように飛び立つひばりと、自分だけの世界に没頭している青年の孤影とが響き合う。

雲雀より空にやすらふ峠かな　芭蕉

『笈の小文』所収。本文に「臍峠、多武峰ヨリ竜門へ越ユル道ナリ」とある。細峠とも書く。ここは吉野郡竜門村。談山神社のある多武峰から、吉野上市の東、竜門岳の麓に出る道で険路である。

高く上り囀っている雲雀。そのひばりより高い峠で休息する。「空」は上方の意と、大空にの意とかよわせてある。「空にやすらふ」から、空に囀るひばりの満足気な声と、そのさえずりを聞きつつ休む芭蕉の精神の寛ぎが受けとめられる。高くあがり囀るのが当然のひばりを見下ろすほどの高所であることへの驚きと満足さがある。ここに至るまでに、ひばりを仰ぎ見つつ歩いていたであろうことと、そのひばりを足下に見ることになった意識の経過が句の中心である。

さらに芭蕉には

永き日も囀りたらぬひばりかな　『続虚栗』

草も木も離れ切ったるひばりかな　『泊船集』

とのひばりの特徴をとらえた句がある。特に後句は、ひばりの上り行く動きに焦点を合わせて成功している。これらの句にはルナールの『博物誌』や三好達治の詩「揚雲雀」（『閒花集』）が思い重ねられる。

雲雀《ひばり》の井戸は天にある……あれあれ
あんなに雲雀はいそいそと　水を汲《く》みに舞ひ上る
杳《はる》かに澄んだ青空の　あちらこちらに
おきき　井戸の枢《くるる》がなつてゐる

くさめして見失うたる雲雀かな　　也《や》有《ゆう》

『蘿葉集』所収。

也有は横井氏。別号、知雨亭など。名古屋の人。尾張藩士。五十三歳で致仕。以後三十年間、文墨に親しみ「遊俳」といわれるように自適の境涯を送った。支考に私淑、その門下の巴雀、巴静に学んだ。也有の特色は俳文にあり、その著『鶉衣』に序文を寄せ世に出したのは大田南畝（蜀山人）である。

この句、野遊びの一情景をよんだものであろう。さきほどらい囀るひばりを耳に聞きとどめながらも、その姿の見当がつかなかった。ややしばらくして目が慣れて来て、宙に鳴くひばりの姿をとらえ、見守っていると、突然のくさめにその姿を見失ってしまったのである。だが、それも一時のことで、また姿を尋めて空を仰ぐ。日常の外にあって、こんなことに集中出来る暇のあることはいいことである。こうした自失の時が、再び日常煩瑣の中に帰っての活力ともなるのである。うらやましい余裕である。

篠原梵の

見うしなひやすく雲雀を見まもりぬ　『雨』

も、じっと鳥の姿を見守りつつ、ときに姿を見失い、また見付けるといったことを繰り返しながら、高く上って行くひばりに見とれ立つ作者の姿が表われている。これものどかさ故の行為である。

鳴く雲雀人の貌から日の暮るる　一茶

『文化句帖』所収。

いままで夕日に照らされていた顔がすっかり暗くなっている。しかし、高所で囀るひばりには、西の方に傾いた太陽がまだ見えており、悠然とのどかに囀り続けているのである。高い山が囲んだ野といった場所が想われる。暮れ遅い春の日のさまを、人の顔の陰影でとらえた点が独特である。

太祇の

川越の肩で空見る雲雀かな　『石の月』

も特異な句である。人の肩に乗せてもらって川を渡るという、あやうさにあっても、のどかな気分を楽しんでいる。旅慣れた様子が受けとめられる。

飯田蛇笏の

日輪にきえ入りてなくひばりかな　『春蘭』

は、日中のひばりの姿を直截によんだ句である。

くたびれて星に代るや夕雲雀　乙《おつ》由《ゆう》

『麦林集』所収。

乙由は中川氏。別号、麦林舎。伊勢の人。材木商だったが、のち神宮の御師となり、慶徳図書と号した。晩年の芭蕉に入門、のち涼菟に師事。支考門との説もある。俗談平話の作風による伊勢風俳諧を流布させ、伊勢派、麦林派といわれる一大勢力を形成。のちに支考の美濃風と合わせて支麦調といわれた。

この句は、夕雲雀という特定の時間をよんだもののようであるが、一日中この声を耳にしていた様子が裏付けされている。つまり「夕」は「日」と対照させている。日中のひばりが夕方にまでといい、さらに「星」によって宵までと意識をつづけてもいる。

夕方まで鳴いていたひばり。気づくといつかその声は止んでいる。その姿をさがすようにして空を見ると、一、二の星が出ているのを見つけたのである。声が聞こえなくなったのはきっとくたびれたのだろうと受けとめながら、一日中鳴きつづけたのだからくたびれるのも当然だろう、と自身に言い聞かせたようなところがある。

ひばりの声と星との交替という具象によって、暮れ遅い春の一日ののどけさをとらえた。

村上鬼城の

雲雀落ちて天日もとの所にあり　『定本鬼城句集』

も、日永という、春の一日の長い時間をよんでいる。鳴きあきてひばりが地上に降りても、なお天日は動くともなく、前に見たままの位置にとどまっている、というのである。こともない春日ののどけさはいい。

帰雁

なべて慣れ親しんだものとの別れはつらい。この頃のように自然環境が劣悪となり、動植物の絶滅や激減状態を知らされると、身辺にある自然に知らず知らず目が向くようになる。都会のマンションの人々もベランダに鳥の餌台を設け、数少ない野鳥を呼び寄せ楽しんでもいる。地方住みの楽しみは、やはり自然の豊かなことだろう。わが狭庭にもめじろ、うぐいす、ひたき、四十雀、野鳩、鵯がつねに来ている。この文を書いているいまも、うぐいすが来て鳴いている。こうした環境をありがたいと思う。思い上った人間は省みることなく自然を拓き、動植物を絶滅、衰退させて来た。少くなって気がついて保護を言い出す。勝手なものだ。自然とのバランスを保った発展が出来ないことはないだろう。これまでは自然保護の声より発展優先の声の方が大きかっただけだと思いたい。

大井川の河口に野鳥のサンクチュアリーが出来、ここに野鳥観察所も出来た。野鳥の集まる冬季、決まって一、二度ここを訪ねる。野鳥の種類の多いことでも知られているが、私は識別出来ない。ある時、野鳥の会の人と出会い短い会話を交したとき、いま三十数種が来ています、と即断されたのには驚かされた。私など参考の絵を見ながら数種の鴨を見分けるのに苦労しているときであった。好きなこと、知ることへの一途さ、は何事にもよらず大事だと思ったことだった。ここは整備されたけれども何処となく淋しい。それは囲われた河口の一部から群れをのぞき見るからであろう。こうした設備のなかった時は、河口に下り、蘆叢にひそむ一群を息をころして眺めたり、頭上を飛び交う水鳥の光を浴びることも出来て、自然のただ中に居る醍醐味があった。

ここの野鳥も帰り始めたことだろう。海へ出て隊列を整え彼方に消えて行く姿を眺めると、励ましの声を胸の中であげながらも、しばらくは侘しい気分にとらわれてしまう。そういう送り方を昔の人の多くはしていたに違いない。「春霞立つを見捨てて行く雁は花なき里に住みやならへる」（『古今和歌集』）と伊勢はよんでいる。心中の淋しさは直接にいわず、去って行く雁へ皮肉を投げかけている。

雁《かりがね》の声朧朧と何百里　文考

『有磯海』所収。

「朧朧《ろうろう》」は、おぼろにかすむさま。見えない「声」を姿としてとらえたところが新しい。「雁の声」をいいながら、当然のこと消え行く雁の姿を目にうかべている。この句、昼とも夜ともとれるが、私は夜景ととりたい。それはやはり「朧朧」の表現による。作者は家の中にあって頭上を鳴きすぎる雁の声をききとめる。しばらくの間、その声は続き、次第に小さくなって、やがて消える。その声に、遥か何百里の故郷をめざし鳴き交しながら行く群れの姿を思う。書見でもしていたのだろう。書物から目を離し、しばらく雁のことに思いが行き、声が消え去ってもなかなか書物の世界に入れないでいる作者の姿も見えて来る。これも一種の春愁である。

皆吉爽雨も

ゆく雁やふたゝび声すはろけくも　『雪解』

と同じ様相をとらえた。ここにも別れ行くものを惜しむ詩情が表出している。

雨夜の雁啼き重りてかへるなり　暁台

『暮雨巷《ぼうこう》句集』所収。

春夜の静寂さに、所在なく居る。外は雨。幹を伝わる雨の雫の音が眠気を誘う。ふいに雁の鳴き声が響く。耳を傾けるまでもなく次から次へと鳴き移る。雁が帰って行くときか、と思う。鳴き声は一つではない。雁の鳴き声に重なって他の鳴き声が響いてくる。多くの群れが移動して行くに違いない。「啼き重りて」に、見えない群れの姿を想像していることが受けとめられる。つまり声の重なりに群れの数の多さを思いやっているのだ。ここにまた春夜の、しかも降る雨の中のけだるさも表出した。

久米三汀は

鏡蔽へばまこと雨あり帰雁鳴く　『牧唄』

と、雨の春夜、寝につくときの情景をよんでいる。帰雁の鳴き声にしみじみ聞き入る様子が目にうかぶ。

行く雁の跡うづみけり夜の雲　闌《らん》更《こう》

『三傑集』所収。

帰雁の後の夜の景である。薄暮の中、帰って行く雁の列を見送り、夜また空を仰いだのだろう。そこには帰雁の姿は勿論余韻さえ止まっていない。雲が空を埋めつくしているだけであった。「うづみけり」に作者の深い詠嘆がある。湖面に長く曳く水脈のような痕跡を期待していたのだろう。「夜の雲」はその水脈のようなものをも隠してしまっている。その為に作者は別れて行ったものへの深い愛惜の情が強められたのである。しばらくは帰って行く雁の姿を目裏にうかべて、空の下に佇んでいたに違いない。

石田波郷の

胸の上に雁行きし空残りけり　『惜命』

この句は悲しい。空虚な空だけが病臥の作者の上に広がっているのだ。来年また会えるとは限らぬ雁たちとの別れである。「空残りけり」の詠嘆が読む者の心に長く強く響いて消えない。

朝たつや鳥見かへれば雲に入る　浪化

『白扇集』所収。

浪化は童名、正丸。別号、応々山人。元禄十六年（一七〇三）十月九日没。三十三才。

東本願寺十四世法主琢如上人の遺腹の子。七才で井波瑞泉寺十一代の住職。去来の指導を受け、蕉門。編著に『浪化集』など。

『華実年浪草』には、「雲に入る鳥は雁を云ふなり」と説明がある。一群ずつ帰る鳥が雲間に消えて行く様子である。

朝、庭に立ち空を仰ぎ、帰る雁の列を見つける。しばらくしてまた見上げると、すでにその一団は雲の間に隠れてしまうほど小さくなっていたのだ。温かな陽光のふり注ぐ空の下で、春も終ることをしみじみ実感したのである。

安住敦の

かゝる日はひとりでゐたし鳥雲に　「春燈」

は、季節の移り行く時の愁いの表白である。

鳥雲に入りて松見る渚かな　白雄

『白雄句集』所収。

旅先での句であろう。東海道筋の海岸での所見か。沼津の千本松原や三保の浦といった場所がすぐ浮かぶが、特定する必要はない。ただ長い渚がつづき、その周辺に黒松が立っていればいいのだ。作者は渚で小休止を取ったのであろう。周辺の松林の上を群れをなして鳥が帰って行く。その姿を目で追い、遥か彼方の雲に消え行くまで見守る。やがて視線を元の松に戻し、今行き渡った鳥の一団を思いやる。旅先での自分と、遥々故郷に帰って行く鳥の姿を重ねて、感慨深い思いにいる作者。「渚かな」の詠嘆に、作者の空虚感も受け止められる。

中村草田男の

少年の見遣るは少女鳥雲に　「万緑」

は、作者と少年との視線の対照をよんで面白い句となった。

帰る雁きかぬ夜がちになりにけり　太祇

『太祇句選後篇』所収。

毎夜帰る雁の鳴き声を聞いていたが、このところその鳴き声がめっきりと減り、聞かれない夜もあるようになった、というのである。時の推移をよみながら、季節の移行を見据えてもいる。行く春への愛惜の念が強い。

蕪村は「きのふ去《い》にけふいに雁のなき夜かな」（『蕪村句集』）と、親しんだものへの惜別の情と寂漠さとを詠出している。

村上鬼城も

かりがねの帰りつくして闇夜かな　『定本鬼城句集』

と、楽しむもののない空虚感をよんでいる。

むめ

ウメの異名には、花の兄、好文木、春告草、匂草、香散見草《かざみぐさ》、香栄草《かばえぐさ》、風待草、初名草などがある。「春告草」とは、早春に開花するこの花にふさわしい名前である。鶯の異名の「春告鳥《はるつげどり》（報春鳥とも）」とともに記憶に停めて置きたい。

香を探る梅に蔵見る軒端かな　　芭蕉

貞享四年（一六八七）『笈の小文』（『芳野紀行』とも）の旅で名古屋に来た折、防川亭の句会に招かれての吟である。この句の季語は「探梅」で冬季。観梅、梅見は春季であるので、混同されるむきもあろうが、冬の末、どこに咲いているともわからぬ梅の花を訪ねて歩くことである。

この句には、主への挨拶心が充分に表れている。「蔵見る」に、蔵を幾つか持った富家の様子がうかがわれる。「香を探る」の表現からは、何処からともなく匂って来る梅花の香りが予想され、ここにその家の繁栄の雰囲気が充分に伝わってくる。

春告草の言葉に心ひかれ、梅花の一二輪を求めて寒さの中を歩くのは、酔狂なことに違いなかろうが、そこにこそ俳諧数奇の表れがあるのである。芭蕉が

五月雨に鳰の浮巣を見に行かむ　『笈日記』

の句について、「詞にはいかいなし。浮巣を見にゆかむといふところに俳諧がある」（『三冊子』）といったことと同じである。こうした姿勢を持たねば、俳人の旅行も物見遊山と同じことになってしまう。雨を託ち、風を厭い、不満を言い立てることとなる。そうした出会いも俳人にとっては有難い一会なのだが。

特記したいのは、探梅を季語として定着させたのは外ならぬ芭蕉であったということである。ある会で芭蕉が

打寄りて花入探《さぐ》れ梅椿　『句兄弟』

の句を出したところ、各々が春季の脇を付けたので、芭蕉は不機嫌となり、「冬季の脇こそ」と指示、「降り込むままに初雪の宿　周棠」の句を定めたという。このことで、芭蕉

の教示があるまで門弟達は探梅を春季と考えて疑っていなかったことがわかるのである。
また、

降《ふら》ずとも竹植《うう》る日は蓑《みの》と笠　『笈日記』

の句に関して「竹植る」は古来の季語ではないことを認め、「季節の一ツもさがし出したらんは後世によき賜也」（『去来抄』）と述べたという。積極的に素材開拓をし、季に適うものが出来たらこれを認定するという姿勢を芭蕉は表明しており、その作家魂が蕉風をして今日まで新しさを失わせなかったのである。

現代俳人が「歳時記」に載っていないからと季節にかかわる地方の風俗、行事を顧みず積極的に句作りしようとしないのは、俳句を常に新しく、活力あるものとする行為ではない。古くは草田男が「万緑」、誓子が「炎昼」を新季語として採り上げ、近くは林火の「卯月八日」、「てんと花」、「風の盆」、「青花摘」などの民間行事を句に定着させたこと、さらには五千石が山梨県南部の「百八燈」を歳時記（講談社版）に入れさせたことなどを評価するものである。私は八月十六日に南部火祭を訪ね、次の二句を得た。

風巻いて百八燈の一火帯　『親近』

百八燈絶頂といふこと火にもあり　『親近』

梅咲いて人待つ釜をたぎらかす　杉《さん》風《ぷう》

『杉丸太』所収。

杉風は杉山氏。別号採茶《さいだ》庵。江戸の人。鯉屋と称した。幕府へ魚を納める公用御納屋であった。初め談林風であったが、東下の芭蕉に師事し、深川の番小屋を改造、芭蕉に提供するなど、後援者として終生変わることがなかった。芭蕉は、その温厚篤実な人柄を信頼し、「去来は西三十三ヵ国、杉風は東三十三ヵ国の俳諧奉行」と献辞したほどであった。また、芭蕉は杉風の耳の遠いことを憐れみ、聾の句を作らなかったという。

風流に通じた人を招き、朝から掃除をし、準備万端整い、茶室で待つ主人の姿が想像される。梅花の品位が一句を引き緊めている。茶釜の立てる湯気と白梅の色と香との見事な調和の世界。間もなく入室する客は、主人が心を許した者に相違ない。まさに『徒然草』の「同じ心ならん人としめやかに物語」する時を心逸る思いで待っているのだ。茶釜のたてる音がその心を伝える。こうした清閑は普段忙しければ忙しいほど、精神を蘇生させるために必要なことである。

夏目漱石は、

鼓打ちに参る早稲田や梅の宵　『漱石全集』

と詠んでいる。筆が渋って気の晴れない夕方、鼓の稽古に出かけたのであろう。梅の香に佇む漱石の心は、すでに和んでいたに違いない。

梅が香や闇一枚のどこらまで　北枝

『きれ〴〵』所収。

梅の香にひかれて戸外を見ると、闇が厚く占めていて、何物も定かに見分けられない。真の闇を「闇一枚」ととらえ、その深さを「どこらまで」と素直に表したことで成功した。『古今集』春上に、躬恒の「春の夜の闇はあやなし梅の花色こそ見えね香やは隠るる」があるように、梅の花と闇との配合には手柄はないが、闇だけに焦点を合わせ、その厚さをいぶかしむ心の動きをうたっているところは新しい。

西山泊雲は

澄みわたる星の深さや門ッの梅　『ホトトギス雑詠選集』

とよんでいる。外出より戻り門の梅花を仰ぎ、視点を輝く星に移したものである。枝に密に咲く白梅とひしめく星の光との対比。このときの夜気はまだ冷たかったであろう。

つやつやと梅ちる夜の瓦かな　樗《ちょ》堂《どう》

『萍窓集』所収。

樗堂は栗田氏。別号二畳庵。伊予松山の人。実家は酒造業。俳諧は暁台に学んだ。町方大年寄を五十余歳まで勤め、晩年は瀬戸内海の御手洗島に結庵、文墨に遊んだ。井上士朗、一茶らと親交があった。

障子窓を開けて外を見ると、屋根を越えた梅の老木が、はらはらと花を散らしている。その花びらが屋根瓦に散って白く照っているのだ。この夜は月が美しかったことであろう。「つやつやと」は、梅にかかるとともに夜の瓦にもかかって行く。月光に照りつつ散る梅のつややかな動きであるとともに、月光に濡れた瓦のつややかさでもある。外気はすでにほの温かく感じられるほどであったろう。

この句と対比されるものに、大野洒竹の

暁や石冷やかに梅の散る　『改造文学全集』

がある。早朝、庭での所見であろう。梅の花が散りかかる石だたみの冷えに、寒さ去りやらぬ朝の澄んだ空気がとらえられた。

灰捨てて白梅うるむ垣根かな　凡兆

『猿蓑』所収。

凡兆は野沢氏。初号加生。金沢の人。芭蕉門。元禄三年ごろより印象鮮明な句で頭角を表し、同四年刊の『猿蓑』では、去来とともに撰者となり、入集四十四句と最も多い。妻の羽紅も芭蕉門である。

裏の畠との境にある一本の白梅。灰を捨て仰ぎ見ると、咲き盛りの梅の花にいささかのかげりがあると感じられたのである。「うるむ」の把握は鋭い。白梅にやや濁りが生じたのはその捨て灰のためではないかと思われたのである。すでに温かさを失った灰でありながら、まだ余熱があるように感じ取れる。

梅の上に広がった空はどんよりと曇っていたことだろう。盛りの白さに衰えを見据えた作者の手腕は非凡である。

滝春一の

風の空藍張りつめて梅白し　『暖流』

は、「藍張りつめて」の把握で成功した句だ。秋櫻子の

伊豆の海や紅梅の上に波ながれ　『霜林』

は、紅梅と海との配合で、温暖な土地の特色がとらえられた。

菜の花

花の好みはまさに十人十色であろう。私も山野草の可憐な花を好みながら、牡丹のように豪華な花も好きで、何が一番好きな花かといわれると即答出来ない。季節それぞれに好きな花がある。辛夷・山ざくら・牡丹・鉄線・朴の花・ねむ・椿などたちどころに挙げられる。花に思いが重なって、季節の到来が待たれるものがある。とりわけ「朴の花」は高野山南院の朴を好んだ林火先生と、この木の下で落葉を焚いたことが想い出されるし、「菜の花」には学問の師・中村俊定先生の恩顔が重なり、庭の椿が咲くと、これを挿木から愛育した父の姿が重なる。

このごろ畑に菜の花が見られるようになった。畑の一枚が黄金に輝くさまを見ると、母郷に居る思いがして心温まる。この花を好んだ俊定先生のことをなつかしく想いつつ見惚れ立つことがある。先生は「菜圃《さいほ》」と号された。あるとき、女子高の卒業生の有志による連句の会の人たちから誕生祝いに菜の花を贈られたと、大層よろこんで居られ、この素朴な咲きぶりが大変好きなのです、といわれ、「菜圃」と号された由来を語られた。風生が「菜の花といふ平凡を愛しけり」（『朴若葉』）とよんだことを思いつつ、地味なお人柄にこの花の趣が合致していることを納得したのだった。

いま「菜の花」といえば、すべての菜の花をいうが、昔は油菜の花のみを「菜の花」といった。菜類は葉を食用とするので、花は種を採るもの以外咲かせないからである。いわずもがな、油菜は種を採って油をしぼるので、畑一面菜の花となるのである。一望菜の花の黄金輝く景は、中国に行かねば見られなくなったのは淋しいことである。

なの花の中に城あり郡山　許六

『正風彦根躰』所収。

「郡山」は奈良県大和郡山市。柳沢藩の城下町だった。盆地を埋めた菜の花の黄金色。その中に立つ郡山城の白い天守閣。色彩対照あざやかである。単純な構図だが、平和な光景を描いた一幅の絵。狩野派の画師の目だ。

一茶も

菜の花の中を浅間のけぶりかな　『七番日記』

とのどかな景をよんでいる。道中の所見だろうが、この句には、浅間山の裾に広がる農村のくらしぶりが見据えられている。

高浜虚子は

菜の花に光る時あり城の鯱　『虚子全集』

と、菜の花から目を高きへ転じ、鯱の黄金色に焦点を合わせてよんだ。黄色の遠近感。

菜の花や淀も桂も忘れ水　言水

『初心もと柏』所収。

「東山の台にて」の前書。「淀も桂も」は淀川と桂川。桂川は京の市街を西南に流れ、桂川は南に流れ、西南の地点で合流する。嵐山付近では大堰川という。「忘れ水」とは、草の茂みに隠れている流れのこと。

いつもは淀川も桂川も、清い流れとして輝いて見えるのだが、咲き盛る一望の菜の花に隠れて、その流れは見えない。折々菜の花畑の切れ間からきらきら光っているのが、淀川であり、桂川であると知れるのみである。うららとした春の好天の下の景。

蝶夢にも

菜の花や行き当りたる桂川　『草の根発句集』

がある。花菜の畑中を行き、桂川にぶつかった驚きである。中七には、予測もしなかった驚きの様子がとらえられている。

夏目漱石は

菜の花の遥かに黄なり筑後川　『漱石全集』

と、筑後平野の大景を言い止めた。

菜の花や汲む茶しらける昼下り　丈草

『きれぎれ』所収。

「しらける」は「しらく」の口語。「しらく」は白くなる、工合がわるくなる、興がさめる。

茶を飲もうと愛用の器に茶を汲む。うらうらと照る陽射しをまぶしみ、外に目を遊ばせる。眼下に広がる畑には菜の花が陽を返して目を被うほどに輝いている。しばらく呆然としていると、お茶は飲みごろを失ってしまっていた。

丈草の庵である、粟津龍ヶ岡の「仏幻庵」での、春昼の実感であろう。「昼下り」と収めたことで、訪れる者のない、森閑としたものうい気分が表出した。

この句と対照的に、長谷川かな女は

菜の花や昼はたのしきこと多し　『川の灯』

と、春昼の心弾みをよんでいる。

なの花や半見えゆく葬の人　暁台

『暮雨巷句集』所収。

菜の花明りの野中を野辺送りの行列が行く。足もとは菜の花の丈が消し、腰より上の白い葬衣だけが動いていく。人はうつむき、私語もなくゆるゆると行く。まるで浄瑠璃の舞台を見ているようだ。景の明と暗。明るい菜の花畑は、野辺送りにはふさわしい。陽炎のゆらめく春昼、音はまったく聞こえて来ない。その無音界が、死者を弔う悲しみの情を強く伝えている。

大野洒竹は

菜の花に埋れて握飯を食ふ　『改造文学全集』

と憩いの様子をよんだ。菜の花につつまれての昼食は楽しい。握飯のかがやく白さが見える。

菜の花の世界へけふも入り日かな　淡々

『淡々句集』所収。

菜の花が埋めた広い田畑の先に、大きな太陽が沈む。その大きさと赤さとは昨日と同じである。太陽が沈むにつれて花の黄金色が薄闇につつまれていく。

「けふも」の表現がこの句を引き緊めた。咲きつづける花菜のさまも、太陽の動きもいつもと変らない。まさに「世はすべてこともない」状況をとらえた。そうした自然の中で人も同じ所作をくり返している。そのリズムが生きていることを実感させもするのである。こうした野の平和も現代人はいつから忘れてしまったのだろう。

飯田蛇笏も

この島におなじ日輪花菜季　『家郷の霧』

とよんでいる。平和な暖国の島の情景である。

菜の花や月は東に日は西に　蕪村

『続明烏』所収。

蕪村の句を五つ挙げよ、と問えば必ずこの句が入るであろう。それ程人々に親しまれた句である。その理由は簡明さであり、リズムの良さにあるだろう。暮れ遅い春の夕景のしずけさをとらえた。月齢十五日の月の大きさと西に沈む太陽の赤い輪。色彩は黄色と赤色が鮮やかに領している世界。この句は陶淵明の「雑詩」其二の「白日は西河に淪《しず》み、素月は東嶺に出づ、蕩《とう》蕩たり空中の景」を踏まえ、其角の「いなづまやきのふは東けふは西」（『曠野』）を意識してもいよう。それとともに、この景は蕪村の絵心が作り上げた構図と思われる。この時代ではどこででも見られた風景であった。

蕪村の時代の農業事情を重ねると、それまでの米作中心であったものから雑穀奨励によ る農業へと転換した農村の状態を見据えている句ということにもなる。田植前の作物とし ての菜種栽培の盛んな様相が受けとめられる。

樗良は蕪村のこの句に

山もと遠く鷺かすみ行く

と脇を付けた。淵明の詩境を胸に置き、宗祇らの「水無瀬三吟」の脇句を俳諧化したもの といってよい。

池内たけしは

近江とは菜の花明り湖見えて　　『欅』

と近江のまばゆい春景をよんでいる。

さくら

業平が

世の中にたえて桜のなかりせば春の心はのどけからまし（『古今和歌集』）

と詠じたように、風狂人のみならず一般の人々、特に江戸時代、さくら見物は庶民のうさの晴し場所となり、芝居や芸能、文芸に必ず採り上げられ、その時世の文化を表すものとして重要なものとなっている。サクラの花に心を迷わすことは古今不変である。

山ざくらのみから明治初期ソメイヨシノが作出され、その華やかな咲きぶりが好まれ、全国各地に普及。サクラの代表となったが、私はいまだに山ざくらが好きである。一本でも立派な存在感を示す樹姿に憧れている。群れの美しさではなく、個の美しさがいい。

サクラとは特定の植物の名ではなく、ヤマザクラ、ヒガンザクラ、サトザクラなど数百種あるともいわれるものの総称である。サクラには、夢見草、仇名草、かざし草、吉野草、たむけ草、曙草といった異名があることを知っている人は案外少ないのではないか。多くの言葉を知ることは俳句作者には必須のことである。この観点から拙著『難解季語辞典』（東京堂出版）には、植物の異名を多く採録解説したのである。

「花」といっても詩歌では伝統的にサクラの花を指す。俳諧の連歌（俳諧と略称）には花の定座《じょうざ》というのがある。ここではサクラの花は詠めない。サクラは花の一名であるからである。定座では、はなやかなものを詠む建前なので、花嫁でも花聟でもよいのである。人々は一巻の眼目である花を大切に扱った。「花を持たせる」はここから生まれている。

天も花にゑへるか雲のみだれあし　立圃《りゅうほ》

『そらつぶて』所収。

立圃は野々口氏。京の人。雛屋と称した。松永貞徳に俳諧を学ぶ。のち、貞徳から離れ立圃流を開いた。連歌を猪苗代《いなわしろ》兼載に、和歌を烏丸《からすまる》光広に、画を狩野探幽に学んだという。自著に自画を入れ、これに俳句を讃して俳画の風体を成すものが多く見られる。

この句、雲が乱れ流れて行く様子を、花見酒に酔って千鳥足で行くと見立てたものである。この見立は『和漢朗詠集』に載る、菅原道真の「天の花に酔へるは桃李の盛なる也」

をふまえてのものである。典拠の「天が花に酔う」ということを、さらにすすめ、酔ったが故の千鳥足と具体化したところにおかしみがあり、その着眼が俳諧であった。立圃の師貞徳には

花よりも団子やありて帰る雁　『犬子集《えのこ》』

がある。「花より団子」の諺を裁ち入れ、「はるがすみ立つを見すてて行く雁は花なき里に住みやならへる」(伊勢・『古今和歌集』)の歌を俳諧化したものである。このように、古事・古歌・見立などで滑稽味を表すのがこの派の特色であった。

これはこれはとばかり花の吉野山　貞室

『一本草《ひともとぐさ》』所収。

貞室は安原氏。京の人。紙商で鎰屋《かぎや》と称した。別号は一嚢軒《いちのう》。幼時より松永貞徳に師事。同門の重頼と激しい論争を重ねた。師没後『貞徳終焉記《しゅうえん》』を出版。

桜の名所吉野山に来てみると、満開の桜のあまりの見事さに、ただただ感嘆するばかりで、後に続く言葉がない、というのである。「花の吉野山」には「花のよし」が掛けられ

ていることを付け加えておきたい。同じ作者の

こもよみこ餅煮んとつむ若菜哉　『玉海集』

という、『万葉集』に載る雄略天皇の「籠《こ》もよ　み籠持ち」の表現をふまえ、「持ち」を餅にいいかえ滑稽味を出した句に比すと、「これはこれは」の句は、感動を率直にありのままに投げ出しており、この期の句としては珍しい。

芭蕉は『笈《おい》の小文《こぶみ》』（別名『芳野紀行』）の旅で吉野を訪ね、三日間桜を楽しんだのだが、西行の歌に感動し、この貞室の句を思い出し、ついに句作をあきらめている。芭蕉はこの後、白河でも松島でも句作しようと詩心のたかぶりを示しながらも句を残さなかった。絶景では感動が強すぎ、句の形にまとまりにくかったのであろう。また、名所では古人の名句に勝る句を残そうという私情のために、平常心を失ったからでもあろうか。名所で句を残さなかった芭蕉の心を思いやり、一句でも早く作ろうとあせる、われわれの心を反省することは、句作りの大事な心構えの一つでもあろう。

海はすこし遠きも花の木の間哉　宗因

『懐子《ふところご》』所収。

宗因は西山氏。熊本八代の人。別号、西山翁。八代の城主加藤正方に仕えたが、同家改易のため浪人。京に移り里村昌琢《しょうたく》に連歌を学び、三十三歳、大坂天満宮の連歌所宗匠となった。松江重頼から俳諧の教示を受け、談林俳諧という流派をひらいた。門下に西鶴、高政、惟中《いちゅう》らが輩出した。

「須磨にて」と前書。須磨は『源氏物語』の中で特に知られる。須磨の巻に「須磨にはいとど心づくしの秋風に、海はすこし遠けれど」と描写されている。この詞章を借り、海は少し遠いものの、咲き盛る桜の木の間から、おだやかな海がきらきらと光って見える、というのである。須磨は『源氏物語』以来秋を賞美する場所として知られていたのだが、作者は、春ののどけさもそれ以上によいものだと、新しい美を提示したのである。こうした詠法は

ながむとて花にもいたし頸の骨　『懐子』

にもいえる。西行の「ながむとて花にもいたく馴れぬればちるわかれこそかなしかりけれ」（『新古今和歌集』）の歌をふまえ、その「いたく」（はなはだしく）を花見疲れの「痛し」と見かえた大胆な句作りに滑稽味が生まれた。談林派の型破りな自由な詩風に新興町

人達は魅せられ、熱烈に支持した。

花守や白き頭《かしら》をつき合せ　　去来

『去来発句集』所収。

去来は向井氏。長崎に生まれ、父とともに京に移る。別号、落柿舎。軍学に秀で、天文学にも通じていた。一時堂上家に仕えたが二十四、五歳のころ浪人。貞享元年（一六八四）上洛した其角を知り、芭蕉の門に入った。高潔、篤実な人物で芭蕉も信頼を寄せ、西三十三ヶ国の俳諧奉行と呼んだ。芭蕉は去来の別荘落柿舎《らくししゃ》に滞在、「嵯峨日記」を残したことは特筆される。儒医の兄元端（俳号震軒）、弟の魯町、牡年、妹千子《ちね》、妻可南も俳諧を学んだ。

この句、森閑たる雰囲気から賑やかな桜の名所での所見ではなく、貴人の庭園の桜のようで、花守の老人もこの家の園丁であろうと思われる。

周囲の桜にあこがれ行く心を、傍らにひっそりと佇んでいる二人の老人にしっかりととどめ、この姿を凝視し、つき合わされたそれぞれの頭の白髪に目を止める。風格のある老人の静かな姿とその雰囲気にうたれたのである。ひそやかに語り合う二人の間に入って、話を聞きたい思いがしきりであったことであろう。

芭蕉はこの句について「さび色よくあらはれたり」（『去来抄』）と評したという。栗山理一は、「〝花守〟という語によって連想されるのは華麗な情緒である。それに対して『白き頭をつき合せ』は沈静衰退の情緒を伴ってくる。（中略）このようなイメージの変質による情調を『さび色』と評したのであろう」（『近世俳句俳文集』）といわれる。「さび」の説明としては説得力があるが、「さび色」とは、やはり寂の情趣、その雰囲気の表れたものをいうのではなかろうか。私は、華麗な桜に目が奪われることなく、その華麗さを支える人々に目をとめた作者のこころを芭蕉は賞揚したものだと思う。この句にとらえられたのは、老人の品位であり、艶である。

夏

短夜

短夜は夏の夜の短いことをいう。別に「明易」の語もある。「明け易」を詠んだ歌に与謝野晶子の、「ほととぎず嵯峨へは一里京へ三里水の清滝夜の明け易き」（『みだれ髪』）がある。俳句ならほととぎすと明け易きとを重ねて表現することはないが、歌の中ではこの二語が交響して、水の清い清滝の、清澄な朝の空気を伝えている。いま、ほととぎすがしきりに鳴くのである。たった二人ですごした「夜」は、何と明け易かったことか、夜がもっと長かったらよかったのにと、かこち顔の作者の嘆息がきこえる。それもそのはずで、鉄幹と晶子の新婚旅行のときの歌である。明るい愛の顕示に圧倒される。

清滝から連想された句に、芭蕉の「清滝や波に散り込む青松葉」（『笈日記』）がある。清冽な流れに翻弄される松の青葉が鮮明に見える。流れの清らかさを表した句には相違ないが、焦点は清滝という場所の涼しさである、と思う。涼風に吹かれて心がひろがっていく。

芭蕉の句は中村俊定先生の随筆「清滝の一夜」(『餅花』)にも引かれている。二百年も経た宿の、川向うの離れの二階に、ご夫妻だけになるのを嫌って女中達に泊まってもらったのはいいのだが、真夜中手洗に立ったねぼけまなこの女中が、つまづいて大きな音を立てたことでしばらく寝つけなくなり、夏の夜を明かされたことが書かれている。良き時代の、のどかな雰囲気の伝わる好読みものである。

みじか夜や毛むしの上に露の玉　　蕪村

『蕪村句集』所収。

蕪村には短夜をよんだ句がかなりある。蕪村の詩情に適うものがあったのであろう。暑さを避ける器具・装置のなかった時代だから、日中の暑さとは対照的に、夜の凌ぎ易さを歓迎したものであろう。それだけにこの安らぎが長くつづけと思うのに、無情にも夜は短い。その感情が詩心を突き動かすのであろう。便利になることは歓迎することであるが、感性が鈍くなることは警戒しなければいけない。

朝涼の庭での所見。樹木の葉の露がきらめく。詩人の目のカメラは毛虫をクローズ・アップする。毛虫の毛先にも細かな露が光っている。厭わしいものが、露のかがやきによって美的世界に参入した。その美しい情景もまた束の間の現象なのである。夏の夜明けの一瞬の魔法。

短夜や蘆間流るる蟹の泡　『蕪村句集』

も同じ情趣である。一瞬にして消えてしまうものだから殊更美しく優しい景と賞嘆される。ともに、背後に人の世の有り様を見止めた、詩人の鋭い心情が受けとめられる。

島田青峰も

短夜や纜《ともづな》濡れて草の中　『青峰集』

と、夏の夜明けの露濡れの景をとらえた。

短夜や空とわかるる海の色　几董

『井華集』所収。

東雲《しののめ》の沖合。いままで闇が閉ざしていた海上が次第に明るくなり、空と海の境が分明となり、空に青さが戻り、その空の色よりも濃く海の色がかがやき出したのである。

「空とわかるる」に動きがある。時の動きであり、海の色が濃くなっていく動きでもある。おそらく朝発ちの港での実景ではなかったか。実体験の強さがある。

近景をすべて消し、遠景描写、しかも空と海という単純な景ながら、短夜の実態を把握した点に感嘆する。

野沢節子は

短夜の雲の帯より驟雨かな　『暖冬』

と、夏の早朝の爽快さをとらえた。周囲を浄めるかのように降る雨の白さが見えて、涼しく心地よい空気が受けとめられる。

みじか夜や蚕飼ふ家の窓明り　青蘿

『栗本集』所収。

お蚕の最も忙しい時期。燈火が一晩中ともされる。しらしら明け初めた中、農家の窓明りが浮き上って見える。家内ではすでに起き出して、蚕の世話に忙しく立ち働いていることであろう。凡兆の「時雨るるや黒木つむ屋の窓あかり」（『猿蓑』）を意識した句とも思

われるが、凡兆とは違った、明るい活況がいいとめられている。対照的に水原秋櫻子の

高嶺星蚕飼の村は寝しづまり　『葛飾』

が想われた。重労働に明け暮れる村人たちの、つかのまの静閑を見据えた句である。

永井荷風は

明けやすき夜や土蔵の白き壁　『荷風句集』

と、旧家の土蔵が白く浮き上って見える早朝のさまをよんだ。

明け易き夜を泣く児の病かな　白雄

『白雄句集』所収。

さらでだに明け易く寝不足がちなのに、夜になるときまって泣き出す子供。今夜もまた泣き声に起こされる。しばらく泣き続けると気が安まったかのように治まって寝入ってくれるが、泣いているときはどうなだめてもやむことはない。困りはててじれる母親の表情が見えてくる。夜泣きに困惑する親の情は古来変わっていない。『万葉集』巻十二に「わ

が背子に恋ふとにしあらし緑児の夜哭をしつつ寝ねかてなくは」とあり、『枕草子』一五七段、「くるしげなるもの」には、「夜なきといふわざするちごの乳母」と出てくる。

竹下しづの女は

短夜や乳ぜり泣く児を須可捨焉乎《すてつちまをか》　『颱』

と母親の情を卒直によんでいる。万葉調の表現に、泣きやまない児に焦れて、捨ててしまいたいと感情を激しくぶっつけた母親の表情がとらえられた。

短夜に竹の風癖直りけり　一茶

『文化句帖』所収。

一晩で竹幹の風癖が直るということはあり得ないことであるが、こう断定的に表現されると、その断定のいさぎよさに素直に従い、認めたくなる。それほど今夜は、涼風が立ちしのぎやすく、熟睡出来た気分の軽快さから、朝のさわやかな空気に直立する竹の青さを見、竹に風癖がなくなったと直感したものと思われる。

一茶の句に比べると、夏目漱石の

短夜の芭蕉は伸びて仕まひけり　『漱石全集』

の方がより説得力がある。葉を巻いていた芭蕉が、まさに一晩でその大きな玉を解き、つややかな葉を伸ばし、朝の涼風に揺れていた驚きである。「伸びて仕まひけり」の表現に、景の変化への感嘆の声が聞こえてくる。

廻廊に夜の明けやすき厳島　涼菟《りょうと》

『八景集』所収。

涼菟は岩田氏。別号、田友斎。享保二年（一七一七）四月二十八日没。五十九歳。伊勢山田の神職。芭蕉の晩年入門。其角支考と親交。平明、軽妙な伊勢風の基礎を築いた。

「厳島」はいうまでもなく、日本三景の一。広島湾の西南の島。厳島神社は平家の氏神であり、清盛の納めた経典は国宝である。

しらしら明けの厳島神社の美しさをとらえた。大鳥居・殿堂も朱塗で、それぞれの建物が海に映るさまはさながら浄土を現出する。

この句から清らかな朝の空気と、澄んだ海の碧さとが受けとめられる。この句品は厳島という場所に適うものであった。
吉川英治は

みじか夜やまだ明けきらぬ文殊堂　「朝日新聞」

とよむ。「文殊堂」は、文殊菩薩を安置したお堂。文殊菩薩は釈迦の左に侍して知恵を司る。この句は見たままをよんだものだが、おのずからの俳味がある。つまり「明けきらぬ」の表現に、文殊の知恵が重ねられ、朝早いこととて、知恵が働かない、ぼんやりとした、うつつなき状態に居るさまを連想させるからである。

さみだれ

昔の人は季節の到来を風と雨によって実感した。雨や風を呼ぶ言葉が民間に伝承され、これを季語として採用した。風でいえば東風《こち》に始まり、貝寄風《かいよせ》、涅槃西風《ねはんにし》、茅花《つばな》流し、筍流し、黒南風《はえ》、白南風、土用東風などであり、雨でいえば春雨、春霖、梅若の涙雨、杏花《きょうか》雨《う》、菜種梅雨、卯の花腐し、五月雨などである。風の名は漁業に関係深く、漁民の言葉が一般化し、雨は農事に関係したものが採りあげられているといえる。

雨は大地を潤し、樹木をはぐくむ。そして人心をして農耕時代へ遡らせる。

「さみだれ」は、陰暦五月ごろ降りつづく長雨、またはその時期をいう。つゆ。この語源に関して『日本国語大辞典』では、サはサツキ（五月）のサであり、ミダルは雨が降るの意のミダル（水垂）の義。以下十の説をあげる。私は、その中の、サは田植に関するわざを意味する語で、サナヘ（佐苗）、サヲトメ（佐少女）のサに同じ、ミダレ（乱）は久しく雨降る意、との説に興味を覚える。

さきにあげた卯の花腐しは、一般には卯の花の咲くころ降る雨といわれるが、五月雨をいう、との説もある。『温故目録』に「四月、卯ノ花朽《くた》シ、四五月ごろの雨なり。一向に四月のものなり。八雲。新式抄物に、五月雨の異名なり。卯ノ花を五月雨にちらしくたす心なり」とある。ちなみに、中国では、この時期の雨を、濯枝雨《たくしう》、分竜雨、と呼ぶという。

さみだれの句となると、まず芭蕉の

五月雨の降り残してや光堂　『おくのほそ道』

をあげたい。芭蕉は陰暦五月十三日、平泉を訪ねた。この日は天気は良かったという。しかし、前日は合羽も通る程の豪雨であり、その印象が強くて、光堂を五月雨の中に置いた。藤原氏三代の栄華の跡を示す光堂への讃仰であり、その遺物「光堂」を永年残すことに意を尽して来た人への感嘆とが「光かがやいている」との心情に重ねられている。この句初案が「五月雨や年々降りて五百たび」であった。したがって「さみだれ」に五百年の連続する時間をみていたわけである。五月雨に朽ちもせず、折からの五月雨のうすくらがりの中に光を放っている、輝かしい歴史の証人の光堂の偉容。芭蕉は意識的に眼前にさみだれを降らせた。ここには、ものを腐らせる雨、との思念が重ねられていた、と思われる。「卯の花腐し」とは、「五月雨の異名なり」とあることや、栗の花を落す、「墜栗花雨《ついり》」があり、このころの雨は湿潤で、ものを腐らせるものとの一般認識があった。芭蕉はそれを承けて、現存する遺物を詠んだのである。降り残した造物主への感謝の念でもあった。

阿波野青畝は

さみだれのあまだればかり浮御堂　『万両』

と、堅田の浮御堂の雨だれの音を楽しんだ。「さみだれの」「あまだればかり」の音のひびきが、絶え間ない雨にまじって一きわ高く響くあまだれの心地よいリズムを伝えている。浮御堂の彼方は白く煙って景をのみこんでいたことであろう。芭蕉がここで月見を楽しんだことを想いつつたたずむ作者。

五月雨の音を聞きわくひとりかな　白雄

『白雄句集』所収。

独居のわびしさ、孤独感がとらえられた。長雨に外出もわずらわしく部屋に籠っていると、人恋しい気持にとらわれる。しかし、だれも訪ねて来はしない。所在なく雨の音に耳を傾ける。すると、その音にも高低や、強弱があって興味を覚える。だが、その興味も一ときのことで、われに返ると再びわびしい気分におそわれるのだ。うっとうしい長雨に、身も心も飽きあきしている作者が居る。「ひとりかな」の詠嘆に、天の深い井戸の暗さをのぞきこんだ作者の、救われない孤影が受けとめられる。

病臥の子規は

五月雨や上野の山も見あきたり　『子規句集』

とよんだ。床から見える上野の山の景を新緑、青葉と楽しみ、五月雨のころの、うつ然とした樹木の景色もしばらくは興味を持って見られたのだが、毎日同じ雨中の景では、すぐに飽きてしまうのだ。病人の所在なさ、じれた心情が表れている。

五月雨や色紙はげたる古屛風　園女《そのめ》

『俳諧曾我』所収。

園女は秦氏。伊勢山田の人。神官秦師貞の女。医師で俳人の斯波一有に嫁す。元禄元年（一六八八）芭蕉に入門。同五年、夫と大坂へ移住、同七年九月芭蕉を迎え、「白菊の目に立てて見る塵もなし」（『笈日記』）の句を贈られた。同十六年、夫と死別。宝永二年（一七〇五）其角を頼り江戸に出、江戸座連中と交流した。

前書に「大磯をおもふ」とある。大磯には、大淀三千風が閑居した「鴫立庵」がある。時代を経た屛風が「色紙はげたる」と断定されると、一層古色蒼然としたものが想像され、この屛風の存在価値と、これが置かれた家の古さとが想われる。作者は、屛風の空白部分に気候の陰湿さ、暗さを実感し、さらには、この空白部分に、時代の隔たりの深さをより強く感じ取ったのである。

風流人たる作者には、この色紙貼雑屛風《はりまぜびょうぶ》が、古人たちとの交流の場となる宝物であり、それだけに、その空白部分には誰の、どういう作品があったのであろうかと、想像しつつ眺めて飽きなかったことであろう。

だが、すでに芭蕉には、嵯峨の去来の別荘である落柿舎で、「五月雨や色紙へぎたる壁の跡」（『嵯峨日記』）の作があり、園女の作品は二番煎じの感は免れない。

夏目漱石は

眼を病んで灯ともさぬ夜や五月雨　『漱石全集』

と、五月雨の時期の周囲の暗さと、大事な眼を病んで苦痛を強いられている陰うつさを詠んでいる。

五月雨やみじかくなせるつるべ縄　　信徳

『哥林鋸屑集』所収。

信徳は伊藤氏。別号、梨柿園。京の人。初め貞徳に、その没後、西武、梅盛に学んだ。延宝初年以後は菅野谷高政、田中常矩に接近し、談林の有力者となった。同五年（一六七七）東下し、翌年には芭蕉、素堂とともに『江戸三吟』を成就し、同九年『七百五十韻』を編む。これに共感した芭蕉は『次韻』を著すこととなる。芭蕉大成の誘因を作った一人。

「みじかくなせる」に湧水が豊かになったことにより、これまでつるべの長かった縄を短く調整したことが受けとめられる。共同井戸であろう。普段は水が少なく、深く掘り下げた井戸であり、当然つるべの縄も長いものであった。水汲みの労力が大変だったのだが、雨季で水量が増し、それだけ労力が省け安堵感もあるのだが、五月雨に気分は晴れることはない。女同士の井戸端での会話もはずむことがなかったろう。庶民生活の一コマがとらえられた。芭蕉にも市中の景をよんだ

五月雨や桶の輪切るる夜の声　　『一字幽蘭集』

がある。天水桶の輪を切るほど水の力が増したのである。輪の切れる音が強く響き、五月

雨に沈んだ夜の心をひきしめる。川の増水を気づかう人々のうわさも聞かれるこの頃である。

松根東洋城の

五月雨や沈みもやらず十二橋　「渋柿」

は水郷の景。名所十二橋も満々たる水に圧せられ、沈んでしまいそうだ。「沈みもやらず」に増水の状態と、危惧を持って眺め立つ作者の姿が受けとめられる。

青田

戦争末期、祖母の在所に疎開した。小学校に入ったばかりのことであった。電車を降りてから一里半ほどの道を歩いた。青田が両側に広がった中を一本の道がくねくねと曲っていた。前方の家のかたまりを指さして祖母がもうすぐだよ、と言ったが、そこまでは幾曲りしてもなかなか着かなかった。

座敷に寛ぐと、いま歩いて来た道の続きが白茶けて見えた。前には遥か彼方まで青田が続き、吹き抜ける風が涼しかった。都会と違って空気に匂いのあることを知った。この田の先に父母の居る横浜があるのだと思い、この道を辿って行けば家に帰れるだろう、と見つめていると、青田の色が滲んだ。

近くに白秋所縁の寺があり、佐藤春夫が小説に書いた所が隣り村であることも知ったのは、後年文学を愛好するようになってからであった。

朝起の顔ふきさます青田かな　惟然

『住吉物語』所収。

起きぬけの頭はまだはっきりとしない。睡気が続いている。外に出て青田の前に立つ。田を渡って来る涼風に顔が晒され、そのひんやりとした感触に、次第に頭の中が拭われて行くようだ。「ふきさます」の表現が巧み。早朝起きたばかりの、膨らんだ顔付きが見えてくる。田の青色の爽快さによって、寝ぼてりの顔が次第に引き緊められて行くかのようだ。

私も何度このように家の前の青田に立ったことか。疎開少年にとってはただ横浜が恋しく、早く家に帰りたいという思いは毎日消えることがなかったが、青田の戦ぎに慰められはした。

加藤楸邨は

鏡中の疲れし真顔夜の青田　『颱風眼』

と、暑さの中の労働で疲れた家長の顔をとらえた。

涼風を青田におろす伊吹かな　　文考

『笈日記』所収。

「伊吹山」は、滋賀、岐阜両県の境にある山で、海抜一三三七メートル。全山殆んど草地で、一七〇〇種もの草が自生し、特に薬草が多いことで知られている。現在四合目に薬草園がある。気象変化の激しいところでもある。

冬は伊吹颪《おろし》で有名な風が吹くが、いまは伊吹山から吹き降ろす風は涼しく心地よい。その爽快な風は麓の青田を戦がせて、一層涼やかな気分をもたらせている、というのである。冬季の伊吹颪を意識に置き、それとは対照的な、夏季の恵みの風ともいうべき涼風をよんだところがポイントである。

芭蕉は伊吹山を「其まゝよ月もたのまじ伊吹山」(『真蹟詠草』)、「折〳〵に伊吹をみては冬ごもり」(『笈日記』)とよんでおり、蕉門の人々にとっては伊吹山は懐かしい山であった。大津からも遠望されるが、支考の句はその麓の実景であったろう。伊吹山の気候が育てる青田、つまりはそこに生きる人人の生活ぶりをも見据えた句である。

大野林火は

みづうみに一枚沿ひの青田そよぐ　『白幡南町』

と、水辺の風の心地良さを捉えた。

風颯と鷺の見え来る青田かな　嘯《しょう》山《ざん》

『葎亭句集』所収。嘯山は三宅氏。別号、葎亭など。京都の人。質商。青蓮院の侍講を務めた。巴人門の宋屋に師事し、点者となった。漢詩にすぐれ、その鑑賞眼をもって『俳諧古選』を編み、太祇とともに『俳諧新選』を編んだ。蕪村、闌更らと親交、中興俳壇に寄与した。妻は芭蕉門木節の子孫である。

一望の青田。吹き渡る風に青い稲が波のように靡く。その動きが遠くから近くに伝わって来ると、思いがけなく青田の中の鷺の姿を目にしたのである。強い風速のときは姿を現し、弱いときは稲の丈の中に隠れてしまうのだが、人の目には連続した景と印象され、鷺の姿がすっかり消えてしまうことはない。一面の青色の中の鷺の白さが際立って刻印されるからである。田園の爽快な景。

「暗がりの鰈《かれひ》に余寒の光かな」「いとざくら枝も散るかと思ひけり」(『葎亭句集』)など

の句を見ると、作者は鋭い眼の持主であることがわかる。
佐野まもるは

青田より鷺翔つ日本清楚の季　「馬酔木」

と、穏やかで美しい景をよむ。「日本清楚の季」とは散文的で具象性に欠けるが、確かに色彩豊かな日本的景ではある。

谷風や青田をまはる庵の客　丈草

『浮世の北』所収。
丈草の庵は仏幻庵といった。「幻住庵」を意識しての名であったろう。場所は近江松本の里、龍ヶ岡。いま膳所駅の前山、俳人墓地の辺りである。「松風の中を青田のそよぎかな」(『四哲集』)の句もあるように、静かな山村であった。この庵から下は田圃が広がっていたであろう。丈草の庵をさして客人が登って来る。見ていると道沿いに来るのではなく、涼風に誘われて青田の中をたどっている。一刻も早く会いたいと丈草はもどかしげに客人の姿を見つめている。それとも知らず、客人は心地良い風にふかれて散策を楽しんでいる。
臼田亜浪には

青田貫く一本の道月照らす　『旅人』

がある。月明に、田を貫く一筋の道が白々と浮き上り、この道を辿れば天に至り得るかのような幻想に誘われる。

一つ家の昼寝見えすく青田かな　青蘿

『蛸壺集』所収。青蘿は松岡氏。別号、栗の本など。播州姫路の人。姫路藩江戸詰の武士。のち致仕。初め美濃派、のち闌更に師事。二十九歳で薙髪。几董、暁台らと交流。寛政二年（一七九〇）二条家より中興宗匠の職を授けられた。

炎昼、青田は戦ぎもしない。一軒の農家の開け放たれた座敷に、昼寝の人の姿が見られる。「見えすく」の表現に、道に面した縁には簾が懸けられてあり、それを透かして座敷の様子が見通されることがわかる。こうして農夫はしばらく身体を休めて、再び田草取りに出るのであろう。「青田かな」の詠嘆から、むっとした稲の匂いも感じ取れる。もうすでに穂もふくらんでいたことであろう。「二番草取りも果さず穂に出て」(『猿蓑』)の付句が想われる。厳しい暑さは稲の成育にとって大切なものなのである。

石原舟月は

青田圃中に葬家のかがやく夜　　『原生花園』

とよんでいる。田圃《たんぼ》の充実した景につつまれた農夫の死。鬼城の著名な「生きかはり死にかはりして打つ田かな」(『定本鬼城句集』)の句も重ねられる。土に生きる人々の有り様を見据えている。

りんりんと凧上りけり青田原　　一茶

『七番日記』所収。

「りんりんと」の表現が空高く揚った凧の勢の強さをとらえた。また、凧の下の一面に広がる青田のかがやきや活力をも表現している。青田の出来に村民たちも満足した顔付きをして働いていたことだろう。

同じ集に載る「けいこ笛田はことごとく青みけり」も同様である。豊年を予想出来る青田の充実ぶりに、夏祭の準備をする農民たちの弾み心が受けとめられる。土に生きる人々の逞しい声が聞こえてくるようだ。

山口誓子も

一点の偽りもなく青田あり　『青女』

と、青一色の広い田圃の力感をよんでいる。

涼み

冷房の普及していなかったころは、夏の夕方家毎にそれぞれ椅子を出したりして涼んだものだった。風がなくても外気の方が涼しく感じられもしたし、隣家の人と言葉を交すことも楽しみだったようだ。今はアメリカ人好みが日本にも浸透し、必要以上に冷やすことを覚えてしまった。一度その快適さになれると、害が出てもうやめられない。冷房病という言葉が生まれて久しい。親しい中国医に、身体のことを思うのなら、夏でも冷たいものを食べてはいけません。ご飯も温めて食べるべきです。刺身もあんなに冷やしたのはよくありません。第一味がわからないでしょう、といわれた。外出して仕方なく冷えたものを食べた時は、汗がひいた後お湯を飲みなさい、とも注意してくれた。これがなかなか実行出来ない。馴れるということは恐ろしいことだ。本当は人工的な技術を加えず、自然に従順に暮すのが理に適っているのだ。せいぜい夏は団扇・扇風機、冬は炭火、こたつを用いるといった暮しが良いようである。

市中はもののにほひや夏の月　凡兆
あつしあつしと門々の声　芭蕉

この付合は『猿蓑』に載る。京の下町の夕涼みの景が活写されている。京都の夕は殊更に暑いという。その暑さを避ける知恵がまた京の風物詩ともなっている。

命なりわづかの笠の下涼み　芭蕉

『江戸広小路』所収。

この句は西行の「年たけて又越ゆべしと思ひきや命なりけり小夜の中山」（『山家集』）の歌を踏まえている。老年に再び越えることとなった小夜の中山への感懐である。芭蕉はこの生命永らえてこそこうした体験を持つこととなった詠嘆を、炎天下を歩く旅人の、文字通り生命の頼みとなる笠の有難さに転化した。そこに当時の俳諧の狙いがあった。「ああ極楽、ごくらく」といった気分である。たとえわずかな笠の蔭であっても涼しい。丁度木蔭に涼風を楽しむ気分である。「命なり」の大仰な表現も、西行の歌と即座に理解出来た当時の人々には素直に受け入れられ、むしろ感嘆して迎えられたに違いない。

芭蕉はまた

忘れずば佐夜の中山にて涼め　『丙寅紀行』

ともよんでいる。現在、佐夜の中山には西行の歌を刻んで小公園が出来ており、九十歳の嫗が一人で売る子育飴が人気を呼んでいた。

飯田蛇笏には

たまきはるいのちにともるすゞみかな　『山廬集』

がある。夕涼みによって一日の疲れが溶けていくのである。

大木を眺めて居たり下涼み　許　六

『浮世の北』所収。

この悠然とした姿はいい。まさに涼風に吹かれて夢幻境に居る様子が見える。この景は日本とは思われない。狩野派の画人でもあった許六のことだ、中国の風景を浮べての句かもしれない。しかし臨場感は充分にある。中国の風景といったのは、この境地は『荘子』

の悠揚、自然の趣きであり、無用ノ用の匠石の話が即座に浮んだからである。「無用ノ用」を説く章に出る匠石は、木を見る名人であった。ある時弟子を連れて社を通る。そこに千年も経た大木があった。匠石は見ることもせず通りすぎた。弟子は問う。何故あの様な立派な木に師匠は一べつも与えなかったのですかと。すると匠石はあの木は何の役にも立たぬ散木だ、だから千年も生きられたのだ、と答える。有用を重んじる現代には耳の痛いところだ。生命永らえるなら無用でもいい、と思う。

大木の樹姿は美しい。誠に寛ぐ風景だ。今全国に何本残っているのだろうか。まさに有用のためにどんどん伐り倒され、千年永らえることなど出来はしまい。大樹による各界の知名人のエッセイを集めた『樹霊』（人文書院）は楽しい本だった。昭和五十一年に出た本だから、中にはもう枯死したりしたものもあるかもしれない。暇を作って名木を訪ねたいと思うのだが。

さし当る用も先づなし夕涼み　　涼菟　『皮籠摺』

の句の通り、のんびり大木の下で涼風に吹かれてみたい。

芭蕉様の臑《すね》をかじって夕涼み　一茶

『成美評句稿』所収。

一茶らしい感謝の念の表明である。芭蕉が居なかったら、遊民一茶の名など残りはしなかっただろうし、生活さえ充分ではなかったろう。芭蕉様のお蔭で俳諧師として生活出来るのだ。一茶は葛飾派二六庵竹阿の門人であり、後にこの二六庵を継いでいるから、芭蕉への崇仰は当然のことである。夕涼みをゆったり楽しめるのも、俳諧で生活が成り立っているからのことであり、それは芭蕉様のお蔭なのだ、と一茶はいう。

一茶ばかりではない。現代でも芭蕉様のお蔭で生活出来ている人は多い。学者もまた芭蕉を語って生活している。私もその末端の一人だから、芭蕉様の臑をかじっているということになる。有難いことであり申し訳ないことだとも思う。

また一茶は「義仲寺へ急ぎ候初しぐれ」(『しぐれ会』)とよんでいるように、旅先からその忌日、十月十二日の時雨忌を忘れずに義仲寺での会式に駆けつけてもいる。

野村喜舟の

門涼み西瓜の如く冷えにけり　『小石川』

は、「西瓜の如く冷え」たという表現が面白い。一茶調の大胆さで、夜の涼を確かに把握している。

とし寄の多さよ木曾の夕すずみ　士朗

『枇杷園句集』所収。

「とし寄の多さよ」に旅人の驚きの眼がある。家毎に夕涼みの人が居る。みな年寄りばかりだ。遠慮もなく人をじっと見つめる。何処から来た、どういう人か、と見据える眼だ。作者もそうした眼を意識して困惑したことだろう。「木曾」は御用林として厳しく守られた所だ。山を頼って生きて来、いまは隠居の身、夕方になって家の前で涼みをしながら、世間話に興じているのだ。他所人が通れば、その人を観察し、通り過ぎるとそれを話題にして一しきり話の花が咲く。もう生活の中心から離れた老人たちの姿が浮ぶ。

素丸も

往来する品定めせん門すずみ　『素丸発句集』

とよんでいる通り、こうした風景は何処でも変らない。夕涼みを「日向ぼこ」に代えれば、日本の風景ばかりでなく、年金生活をする西洋の老人の姿にもなる。後二十年もすると日本は老人国になるという。正に「とし寄の多さよ」となり、品定めをされる若い者は更に少なくなっていよう。

高野素十は

門涼みかかる夜更けに旅の人　『初鴉』

と、夜更けに通る旅人をいぶかしげに眺めやっている。

つつ立て帆になる袖や涼ぶね　丈草

『篇突』所収。

涼み舟での興が表出した。舟の先に立つと袖が風をはらんで、まるで帆を成すといった感じだ、というのである。涼気溢るる気分を素直によんだ句である。

同じ涼みでも蕪村になると

涼み舟舳にたち尽す列子かな　『蕪村遺稿』

のように、絵画の一光景といった句になる。

蚊帳

平成二年五月の連休、中国和歌俳句研究大会参加のため再び中国に行った。和歌は近藤芳美氏、俳句は金子兜太氏がそれぞれ団長としての団が組まれたのである。私は杭州大学側の招待を受けての個人参加の形であった。四年前の訪中時とは随分印象が変っていた。道路は良くなり、ホテルも清潔さを増していたが、何より人の感じが違っていた。金銭優先が大学人の側にも浸透しているようであった。物価高を痛感した。結局観光地、特に日本人が多く行く所ほど印象が悪かった。

魯迅の故郷である紹興は私の好きな場所の一つである。紹興は変っていなかった。魯迅の故居前の小川沿いに置かれた自転車のある景も、三昧書屋も、故居の百草園も以前と少しも変化はなく、一つ一つかつて訪ねた折、心底に残った景と比べて肯きつつ歩いた。変らないことがうれしかった。

以前は昼食だけ摂った紹興飯店に泊った。ここは改造増築されていたが、内庭はそのまま残されており、なつかしかった。部屋に入ると、ベッドの上の天井に蚊帳が吊されているのに驚いた。白い麻の大きな蚊帳で中ほどでくくり、その一端を部屋の隅にとめてあった。蚊帳をひろげベッドを覆って寝てみたいと思った。しかし、時季的に早く、さほど必要とも思われなかったので、それを広げる勇気はなくそのままにして仰ぎ見、貴婦人の寝ている姿を想像していた。

紹興は水の都だから蚊も多いのだろう。夏期の必需品に違いないのだが、室内に用意された白蚊帳は不思議に部屋の飾りのようで似つかわしかった。

子供のころ、蚊帳の中に入ると妙に心が落ち着いた。電燈の明りが弱められ、ほの暗さが精神を休めるからであろう。蚊帳を吊ることで、雷を避け、悪霊の侵害を防げる、と古代の考えにはあったというのも肯けることである。

近江蚊帳汗やさざ波夜の床　　芭蕉

『六百番発句合』所収。

蚊帳の名産地は、近江蚊帳、奈良蚊帳の名の通り、近畿地方であった。「近江蚊帳」の「近江」の連想から、枕詞である「さざ波」が用いられた。古来「さざ波や志賀の都は荒れにしを昔ながらの山桜かな」（『千載集』）などのように「志賀」にかかる枕詞として使用された。

蚊帳の中は暑い。むし風呂に入ったようだ。だからうちわは手放せない。祖母や母は寝入るまで子供のために風を送っていた。汗はしとどに流れる。その様子を古典仕立てで誇張的によんだのだが、事実をふまえているので納得出来る。

富安風生は

エジプトのカイロの宿の蚊帳かな　『草の花』

とよんでいる。地名が巧みに使われた句である。

みどり子の萌黄うるはし枕蚊屋　几董

『晋明集四稿』所収。

「枕蚊屋」は、竹または金属を曲げたものに麻布を張って作り、子供の枕辺を覆うのに用いる小さい蚊帳。母衣蚊帳。

蚊帳は白色、水色、絵模様などがあるが、もえぎに染めて赤の縁布をつけるのが普通であった。「萌黄うるはし」は蚊帳の色であり、今年初めて使うものであったろう。「みどり子」「萌黄」の対応に、初めての子供の、無邪気な寝姿への賛嘆であることが受けとめられる。蚊帳に守られ、熟睡しているみどり児を見守っている、若い母親のやさしい目差が見える。

蕪村も同じように「貌白き子のうれしさよまくら蚊帳」（『新花摘』）とよみ、一茶も子供にやさしい情を寄せて「むら雨やほろがやの子に風とどく」（『寛政紀行』）とよんでいる。子への情愛はいつの世にも変らない。

篠原梵の

幌蚊帳の花の中吾子の顔うかぶ　『皿』

は、さすが吾子俳句の名手であった梵の作品で、美しく可愛らしい幼子の姿が浮ぶ。

尼寺や能き蟵《かや》たるる宵月夜　蕪村

『蕪村句集』所収。

宵月のかかった尼寺。庭より尼様の部屋が見透かせたのだろう。はや蚊屋が吊られた寝所。尼様の姿は見えないが、そこに尼様が居ることを想像してゆかしい気持になっているのである。女性、特に母性への限りない思慕の念は、蕪村の句の一端に濃い。そうした偏りをこの句にも見ることが出来る。

蚊帳の内に朧月夜の内侍かな　『夜半叟句集』

もその部類に入るであろう。絵巻物を見ての句かもしれないが、蕪村の古典趣味、浪漫的傾向を表している。

正岡子規は

蚊帳の中に書燈かすかに見ゆるかな　『子規句集』

とよんでいる。蚊帳の中で本を読む人を思いうかべて感心の眼を注いでいる。

蚊屋の内物失ひて夜は明けぬ　涼菟

『砂つばめ』所収。

蚊帳の中は寝具などで狭く暗い。そこに小さなものを落すと探すのに苦労する。身につけていた細工物でも落したのだろう。身の廻りを手さぐりで探したのだが見つからない。見つからないと気にかかって寝つけない。燈火を点ければいいのだが、あたりをはばかってそれも出来ない。いつのまにか夜もしらんで来た、というのである。夏の夜の明け易さを、人の心理の落ち着かぬさまでとらえている。

映画監督であった五所平之助は

朝の蚊帳両国橋の見えてゐる　『いとう句会』

とよんでいる。隅田川畔の宿での朝の空虚な感懐。

蕣《あさがお》や蚊屋の中から障子あけ　杉風

『続別座敷』所収。

早朝目ざめ、蚊屋に起き上り、そこから出ることをせず障子を開け、庭のあさがおを眺めた、というのである。「蚊屋の中から」に、老人のものうさではあるが、まだ朝が早く、そのまま起き出すわけではない様子が受けとめられる。

時間など気にせず、気ままな起き臥しをしている隠居の雰囲気が表出している。

室積徂春の

蚊帳に見る翌日登るべき山の月　『ゆく春』

は、明日の登頂に備え早く床につき、山の月を眺め心おどらせている若者の姿である。

人もなき蚊帳に日のさす宿屋かな　梅室

『梅室家集』所収。

旅人が早立ちをした後の部屋の様子である。開け放たれた部屋に朝日が射し込み、まだ吊られたままの蚊帳の中が透いて見える。蒲団は敷かれたままだが人の姿はない。それだけにわびしい宿の朝の景である。

小杉余子の

どの部屋も蚊屋吊る宿を立ちにけり　『余子句集』

も、朝立ちの宿の所見である。

田の人よ御免候らへ昼寝蚊屋　一茶

『八番日記』所収。

「づぶ濡れの大名を見る巨燵かな」（『八番日記』）と皮肉な眼を向ける一茶も、さすが農民へは謙虚な態度を示す。炎天下の農作業に辛苦している姿を見ながら、自分は昼寝のために蚊屋の中にいる。楽をして食べている自分の身を顧み、労働によって飯を食う人々にすまないと思う。しかし、そこは一茶のこと、素直にあやまることをせず、「御免候らへ」とおどけた調子に乗せて心情を吐露する。そうしなければ頭を下げられない一茶の性分なのである。

西東三鬼の

青蚊帳の男や寝ても躍る形　『夜の桃』

からは、自由気儘に生きる男の生活ぶりがおもわれる。

ほととぎす

ほととぎすは、杜鵑目のホトトギス科の鳥。カッコウと前後し、五月中旬以降南方から渡って来て、秋に南方へ去る夏鳥である。その鳴き声を古来「天辺かけたか」とか「本尊かけたか」、あるいは「特許許可局」と聞きなしている。

表記に、杜鵑、子規、不如帰、郭公、蜀魂などがある。『万葉集』では霍公鳥、『古今集』『新古今集』『山家集』では郭公、時鳥が用いられている。

異名には、四手の田長、時の鳥、勧農鳥、早苗鳥と農事にかかわるものと、無常鳥、冥途の鳥、玉迎鳥など、仏教にかかわるものが目立つ。西行はこの鳥を多く詠んでいる。「ほととぎすきく折にこそ夏山の青ばは花におとらざりけり」(『山家集』)のように、詩歌によまれて来た伝統景物の一つとしての興味からうたったであろうことは勿論だが、彼岸に係わる言葉を負った鳥として、欣求浄土を願った西行が、特に心寄せていたからであろう。

ほととぎすは、うぐいすと同様、その声を珍重し、その到来を心待ちにしたことから、うぐいすと同じく「初音」を用いる。

ほと丶ぎす鳴くや湖水のささにごり　　丈草

『芭蕉庵小文庫』所収。

丈草は内藤氏。別号懶窩《らんか》。尾張犬山の人。元禄元年（一六八八）犬山藩士を病弱を理由に致仕遁世、翌二年芭蕉に入門。漢詩文の素養と禅の修養とにより、上達が早く『猿蓑』の跋文《ばつぶん》（漢文による）を書くほど重んじられた。芭蕉没後、龍ヶ岡《たつおか》に仏幻庵を結び、孤独の生涯を送った。去来と特に親しく蕉門四哲の一人。

この句、和歌の詠法に倣ったものと思われる。すなわち、

ほと丶ぎす鳴くやさ月のあやめぐさあやめもしらぬこひもする哉　『古今和歌集』
うちしめりあやめぞかをる時鳥鳴くや五月の雨の夕暮　『新古今和歌集』

のように、「ほととぎす鳴くや」に次いで「五月の」「五月の雨」と詠まれるパターンがあったのである。歌に慣れた当時の人々は丈草の句を読む場合も、「ほと丶ぎす鳴くや」に

次いで、「五月の」の語句を思い浮かべて読み下したに違いない。つまり、「湖水のささにごり」の表現は、「五月の」、または「五月の雨」の限定を受けているのである。うちつづく五月雨に琵琶湖は増水し、うすく濁っている状態をいうのである。「ほと丶ぎす」だけで切れの効果は充分である。それを「ほと丶ぎす鳴くや」とまで表現したのであるから、作者の意図が働いているとみて差支えないであろう。芭蕉は「ほくはくま〴〵迄謂つくす物にあらず」（『去来抄』）といった。余情を貴ぶ発句は省略が大事である。丈草は「五月の」と表現したかった。しかし、和歌の表現の類型を利用し、「五月の」を省いた。いいかえれば、和歌の表現を活用することで句に重層性をもたらせたのである。こうした古歌・古典取りの句もあるのである。

丈草の句に比べたら、去来の

湖の水まさりけり五月雨　『曠野』

がいかに平凡であるか一読理解されよう。五月雨に琵琶湖の水量が増したというのは事実のままだ。事実のままを詠んでも詩になることはない。いかに見たか、いかに感じたか、いかに驚いたかが大事なのだ。作者がそこに存在しているかどうかである。つまり、作者が感動し、発見したことを具象化するのである。丈草の句でいえば「ささにごり」が詩心の働きであり手柄である。

時鳥なくや若葉のはしり雨　北枝

『百鴉』所収。

北枝は立花氏。通称研屋源四郎、別号鳥翠台など。加賀小松の人。金沢で兄牧童と研刀を業とした。元禄二年（一六八九）「おくのほそ道」行脚の芭蕉に会い入門、松岡（福井県）まで随行。このとき芭蕉の指導言をまとめたものが『山中問答』である。金沢蕉門の重鎮。

若葉の樹木を濡らして驟雨が通り過ぎる。雨後の緑は一層輝かしい。折からほととぎすがしきりに鳴く。ほととぎすの声もうるおいがある。ほととぎすの姿は新緑の樹林に隠れて見えないのだが、耳でその声を追いつつ楽しみながら、目では瑞々しい新緑のかがやきと、驟雨の白い雨脚とを堪能しているのである。

北枝は音に興味を持った句に特色がある。

田を売つていとど寝られぬ蛙かな　『喪の名残』

居り替る羽音涼しや森の蟬　『淡路島』
馬洗ふ川すそ闇き水鶏哉　『薦獅子集』
川音や木槿さく戸はまだ起きず　『卯辰集』

などが例証となろう。

岩ばしる水に橋あり不如帰《ほととぎす》　蓼太

『蓼太句集三編』所収。

蓼太は大島氏。通称平助、別号雪中庵。伊那の人。江戸に出て嵐雪門の吏登《りとう》に学んだ。芭蕉復帰を熱心に唱え、当時活躍していた江戸座の宗匠を批判、平明な作風で人気を博し、江戸俳壇に勢力を張った。

爽涼感溢るる句である。山中の遊興である。「岩ばしる」から、源流に近い谿川であることが受けとめられる。水量豊かに奔る水の白さが目に浮かぶ。渓流に架けられた橋も粗末な懸橋であったことであろう。この小さな懸橋はいかにも危うく感じられ、渡る人がいるとも思われないのだ。

このほととぎすの声は潔い。山中に荒々しく響き、その一声が辺りにこだまするかのように聞かれたことであろう。作者の感動の強さが句に張りをもたらす。頭で処理した句は、たとえ句姿が整っていても人に訴える力は弱い。

夏草の星にしらみて子規　麦水

『葛箒』所収。

麦水は堀氏。通称平三郎、別号四楽庵。金沢の人。支考門の五々に学び、のち乙由の子の麦浪や希因にもついたという。美濃派、伊勢派の俳風に飽き足らず、『虚栗《みなしぐり》』時代の芭蕉に共鳴、蕉風復興を唱えた。

広々とした野原。繁茂した草の草いきれがする。星あかりに照らされ、それぞれの草の色を失い、一様に白々とみえる。遠方に行くほどに闇が夏草を包みこんでいる。野の一角よりほととぎすの声がしきりにする、というのである。

夜とはいえ、余熱さめやらぬ夏野の、生温い空気が伝わって来る。

この句も視覚と聴覚の対照のおもしろさである。同じ作者に杜宇《ほととぎす》穂麦が岡の風はやみ　『有の儘』

がある。動きによって季節感が見事にとらえられた。

杜鵑《ほととぎす》啼くや夜明けの海がなる　白雄

『小鳥』所収。

白雄は加舎氏。通称五郎吉、江戸の人。父は上田藩士。初め青蛾に学び、のち烏明に入門、さらに烏明の師である烏酔にも従う。日本橋に春秋庵を営み、多くの門弟を育てた。

いつも聞き慣れた早朝の海鳴りが心地よい。海鳴りを聞いている耳にほととぎすの一声が響いた。再びその声を聞けるかと耳を澄ませて待ったが、耳に伝わって来るのは、さきほどからの海鳴りだけである。

「杜鵑啼くや」と初五の切れは潔い。ほととぎすを聞きとめた感動の率直な表現であるとともに、その声をさらに心待つ心情が受けとめられる。

夏の早朝の、清澄な空気と静寂さとがとらえられている。

せみ

小学生のころ、蝶、蜻蛉、甲虫、蟬といった昆虫を捕え、飼育するのが大好きであった。しかし一つのことに熱中するタイプではなく、欲しいものが手に入るまでは執心するが、一旦手中にすると次のものに気を移してしまうのが常であった。したがって、昆虫を飼っても結局は後の始末は祖母か母にさせてしまい、何度となく叱言をもらった。それでも平気でまた虫をつかまえることに夢中になり、朝早く家を脱け出て雑木林に分け入り、甲虫をつかまえたり、幹を這う蟬をとったり、夕方になると近くの蓮池に行き蜻蛉を追いかけ、暗くなって家に帰ったりすることが多かった。勉強らしい時間も持った記憶はあまりない。そのために算数の進行にはずいぶん悩まされた。

いまでも鮮やかに記憶しているのは、蟬の羽化を観察したことである。早朝とって来た幼虫を草を敷きつめた箱に入れ見つめていると、背が割れ、白い虫がせり上って来、殻からすっかり脱け出ると、茶色の汁を出して、白い柔らかな羽根をみるみる染め上げて行ったのには驚いた。脱け出た白さと、自らを茶色で粧ったその変化に文字通り目を見張った。興奮がしばらくさめなかった。それからは極力羽化寸前のものを探したが、めったに出会うことはなかった。

油蟬より、ミンミン蟬、ヒグラシ、熊蟬といった羽根の透き通った蟬の方が好きである。声も姿もいい。藤枝に移って、家の周辺は関東に多いミンミン蟬は鳴かず、熊蟬が多く、朝より大声で好天を告げる。恵まれた自然に、子供のときを回想することが多い。

閑《しず》かさや岩にしみ入る蟬の声　芭蕉

『おくのほそ道』所収。

周知の通り、「おくのほそ道」行脚中、山寺での作である。本文に「岩に巌を重ねて山とし、松柏年旧り、土石老いて苔滑らかに、岩上の院々扉を閉ぢて物の音聞こえず。岸を巡り、岩を這ひて、仏閣を拝し、佳景寂寞として心澄みゆくのみおぼゆ」とある。佇立する岩山の岩石に浸透するかのように蟬音が響く。周辺の静寂さは芭蕉の心の清閑さでもある。自然の清らかさに心底感服しているのだ。この蟬は、小宮豊隆のニイニイ蟬説、これに反対する斎藤茂吉の油蟬説の論争が展開され、一層人々の耳目にとまるようになった。

実地調査をさせてまでも茂吉は自説を譲らなかったが、豊隆説を覆すまでには至らなかった。陰暦五月二十七日、陽暦七月十三日に芭蕉はこの地に立ったのだが、この頃はニイニイ蟬がしきりという。こうした論争はおもしろい。単に蟬の種類だけの問題ではなく、鑑賞に深く係わるからである。

この蟬は一匹であろうか、数多い蟬であろうか。細いが高いニイニイ蟬の一匹の声があたりに浸みて行くともとれるが、私は数多い蟬声に加担したい気持が強い。しかし、ばらばらに鳴いているのではなく、多くの蟬声が一つに和して響いている状態と考えている。芯のあるぴんと張った声が、ずんずん大地を突き進んでいくかのような様子に閑寂さを実感したのだ。蟬声の全量の力強さが、鋼鉄の堅さともいうべきひびきとなって岩石を穿つと受けとった芭蕉の感性もまた、強くしたたかである。

見えない声を実体あるもののように見てとった句に改めて感心させられる。消えて痕跡のないものが、深く大地に入って余韻を残す。芭蕉のあこがれ心といってもよいであろう。先の死を考えず、全身全霊でいまを謳歌している、生きものの哀情といったものさえ伝わってくる。

やがて死ぬけしきは見えず蟬の声　　『猿蓑』

とも芭蕉はよんでいる。短命な蟬の実体そのもので、こちらの句の方が観念的である。明日の生命を思い煩わず、一途に鳴く姿に感心もし、羨しささえ感じている。人間は有時を知りながらも生命を燃焼させることは少ない。自分を顧みて切ない気持になっている。

西東三鬼は

身に貯へん全山の蟬の声　『今日』

とよむ。閑寂をよろこぶのではなく、全山の蟬音の力量感を、自分の力としたい、と願ったところが若々しく、感傷の痕跡をとどめぬところが近代的である。

蟬の音も煮ゆるがごとき真昼かな　闌更

『三傑集』所収。

「煮ゆるがごとき」の把握は巧みである。ここに炎昼の様と、油蟬の鳴き盛る様子がとらえられた。炎昼、思考力はまったく停止し、ぐったりと横たわっているしか術のない状態が受けとめられる。逆らえば即座に生命を奪われてしまうであろう、横暴な炎帝の支配にひたすら平伏しているさまである。自然の威力を実感するのはこうしたときである。

富田木歩の

喀血《かっけつ》にみじろぎもせず夜蟬鳴く　『定本木歩句集』

はすさまじい。重態にじっと耐えることしか術はない。喀血そのものが異常事態なのだが、長い闘病の間にそうしたことにも慣れてしまっている。蟬は夜に入ってもその生命力を誇示している。病人は蒸し暑さの中、事態の沈静するのをひたすら待っている。作者の嘆きの声が聞かれないだけに一層あわれである。

蛭《ひる》の口掻けば蟬なく木かげかな　士朗

『枇杷園句集』所収。

士朗は井上氏。別号、枇杷園。文化九年（一八一二）五月十六日没。七十一歳。名古屋の人。産科医で医名専庵。暁台門。国学を宣長に学ぶ。句風は平明温雅。連句に秀でた。編著に『枇杷園七部集』『枇杷園随筆』など。

農夫の休息の場面。泥田の草取りに夢中になっていたときは蛭に食われていることなど気にも留めなかったのだが、一段落つけて木蔭に入り、ほっと一息入れると、蛭にかまれた部位がたまらなくかゆく、ぼりぼりと掻く。心地良い涼風が木々を湧き立たせ、その蔭で身心ともに寛ぎ、しきりに鳴く蟬の声がねむ気を誘う。

「蛭の口掻けば」に、それ以前の炎天下、ぬるんだ田水につかっての草取りの重労働が浮び上ってくる。また木蔭に休み、蛭にかまれたところを掻く気持良さが伝わってくる。

「木かげかな」とおおように収めた座五が効果的である。憩いの場が限定され、吹き通う涼風、農夫の寛ぎの表情も感受されるからである。

河東碧梧桐にも木蔭に休んでの

蟬涼し朴の広葉に風の吹く　『碧梧桐句集』

がある。風に吹かれる朴の大きな青葉が見える。この蟬は熊蟬であろう。声をシャワーのごとく降らせていかにも涼しい。高原の涼風に目を細めている作者の姿が目に浮かぶ。

鳴く蟬や折々雲に抱かれゆく　路通

『三山雅集』所収。

路通は斎部《いんべ》氏。元文三年（一七三八）七月十四日没。九十歳。貞享二年（一六八五）芭

蕉門。元禄四年（一六九一）『俳諧勧進牒』を編んだ。他に『芭蕉翁行状記』がある。

蟬が繁く鳴く木蔭に腰をおろし、前方の山を見つめる。その斜面は杉が埋めている。そこもまた蟬音が激しい。まばゆい夏天を折々片雲が流れ、前山の上をすべる雲の影が杉林に明暗をもたらす。いかにも包み込むように動く雲をなつかしく眺めている。長旅の一ときのくつろぎ。この句からは、盛夏の天というより、夏の初めの、高原の涼気が感受される。

飯田蛇笏も

深山木に雲行く蟬のしらべかな　　『山廬集』

と同様の景をよんでいる。蟬の声が、深山の老木の上をゆく雲によって一層ふかぶかとしたものに磨きあげられ、いよいよ清澄な楽を奏でるかのようだ。仙境の蟬声。

耳底に蟬はまだ啼く枕かな　　蓼太

『蓼太句集二編』所収。

厚い闇につつまれた家。床につくと耳底から日中の蟬音が湧き上って来る。日中はまさに聾するばかりの鳴き音であり、今日もまた暑さ厳しかったことが受けとめられる。深い木立の中の家であることもわかる。蟬の残響と思いつつ、自身の耳鳴りを重ねているとも思える。いずれにしても若い年代の句ではなく、老いの心が添うているように思える。

鮎

静岡は鮎の釣り場として知られる川が数々ある。六月一日解禁日となると、安倍川の随所に釣人が佇つ。通勤電車の窓から眺めてはきまって父のことを想う。父は鮎釣り専門であった。毎年解禁日前夜から出かけ、川原で仮眠、花火の合図を待って竿を入れるときが最も楽しいのだという。当日、夜遅くなって帰ると、ももまで赤く日焼けした足を投げ出して、ビクから形のよい鮎を取り出して、釣りの様子を話してきかせた。魚の匂いが部屋に満ち、不思議に充実した雰囲気につつまれた。父は多摩川の近くに生まれ育ち、小さい時分から川に親しんでおり、鮎釣りも祖父譲りのものであった。

父の行く川は神奈川県内に限られていた。道志川、相模川、酒匂川など。私も何度か連れていってもらったが、流れの中程に立ち尽し、自分が満足するまで上って来ないのには閉口した。好きなことに熱中するタイプだった。

給料取りになって間もないころ、父が欲しがっていた名のある竿を買って贈った。よろこんだのだが、なかなかそれを使おうとしなかった。安い竿でも使い慣れて愛着があったのか、大事にしすぎてのことなのか、あえてそのことには触れなかった。父が死んだとき、その竿を母の家から持ち帰った。名所の川近くに住みながらまだ一度もその竿で鮎釣りに出掛けてはいない。興味は充分あるのだが、一人で釣るのはつまらないからだ。

先年、興津川の吟行には、鮎釣りの名人を招いた。友釣りの要領を教示していただいたのだが、一芸に秀でた者の一徹な風貌が父に似ていて胸に迫るものがあった。そのときも、その頃の釣人のマナーの悪さが話に出た。遠くのものを追い、足元から静かに釣らないといわれた。

異名に、年魚・細鱗魚・銀口魚・香魚がある。

釣竿に鮎のあはれや水はなれ　　北枝

『此花集』所収。

釣り上げられた鮎の姿を見ての印象である。

「あはれ」との詠嘆は、水中での、鮎の生々とした姿勢を知ってのことである。どの魚でも釣られたものは「あはれ」なことは同じであるが、勢いのよい鮎だからこそ、ことさら痛痛しく感じられたのだ。

「水はなれ」の表現が巧みである。鮎も観念したかのように動かない。動態から静止の状態への変化。水中の生き物が水を離れることは死を意味する。水を離れた瞬間にその生きものの生命の極りを見て取ったのだ。

原石鼎の

山の色釣り上げし鮎に動くかな　『花影』

には勢いがある。緑の深い渓川の、天然アユの美形が見事にとらえられた。この句品はいつまでも新鮮である。

いさぎよう鮎わき上る岩根かな　蝶夢

『東遊日記』所収。

川をのぼる鮎の勢いのよさ、躍動感をとらえた。

段差のある渓流をひたすら上流をめざすアユ。奔流の中から次々と段を成す岩めがけてとび上る。「わき上る」に、流れの中では見えなかった鮎の姿が、突然に現われて来る様子を適確にとらえた。幾度となく挑み、失敗し、そして首尾よく上流にのぼれた鮎。こうした動きを見守って感動している作者がいる。

篠原梵は

そよ風の波が見えゐし鮎かくす　『雨』

とよんでいる。群れなす鮎の光を、さざ波の光がかくす。その景の変化を楽しんで見守っていた作者の表情がここにも見える。

石垢《あか》になほ食ひ入るや淵の鮎　去来

『雑談集』所収。

川に入ったアユの食餌は、珪藻とか藍藻という、いわゆる「水垢」である。山路を歩いて来て、一服のために川を見下ろす岩に腰をおろしての所見であろう。この岩の下は淵となっており、その底まで見透かせる清らかな水。水垢を食べていることが、鮎の動きで知られる。その身体の角度によって、折々きらきらと光る。

「なほ食ひ入るや」の詠嘆に、時の経過がいいとめられた。貪欲に食餌する鮎。その動きをあきずに眺め入り、涼風に心身ともに寛いでいる作者。

中島斌雄の

瀬を透す日の濃さに生き鮎の苔　「麦」

には日の斑のみどりと、水苔の色とが相応じて渓流の美しさが表出している。

飛ぶ鮎の底に雲ゆく流れかな　鬼貫

『鬼貫句選』所収。

鬼貫は上島氏。別号、仏兄《さとえ》。元文三年（一七三八）八月二日没。七十八歳。伊丹の酒造業。重頼門。来山と特に親交。惟然・路通とも交流。洒脱、卒直な句風。「まことの外に俳諧なし」の説は特に知られる。

「飛ぶ鮎」「雲ゆく」「流れ」ともに流れの早さを表す。渓川を見下ろすと、鮎が群れを成して上っていく。まるで飛ぶような速さだ。その流れの底に白雲が映り、白雲もまた動いている。流れの底の「雲」によって、浅い清流であること、空は青く澄んでいたことが受けとめられる。

簡潔明快な表現に、作者の精神の澄みと、表現への緊張感が感受される。

秋元不死男の

鮎釣るや奔流に岩さかのぼる　『氷海』

も動きに焦点がある。力強い句だ。

鮎くれてよらで過ぎゆく夜半の門　蕪村

『蕪村句集』所収。

動詞を重ねたため、説明的な句調になった嫌いはあるが、わざわざ釣ったばかりの鮎を届けてくれた友情に感謝しつつ見送る作者の真情が伝わってくる。

「山城の鴨河、大井川のもの上品とす。もっとも禁裏へも日次《ひなみ》に奉るなり」（『滑稽雑談』）とあるように、大井川の鮎ではなかったか。今日の釣果は形・数ともに満足すべきものだったに相違ない。友にまっさきに届けてよろこんでもらおうと、心弾んでの行動であった。厚い情愛を淡白な行為によって見せた句。

水原秋櫻子の

甲斐の鮎届きて甲斐の山蒼し　『帰心』

も季節感の横溢した句である。

いざのぼれ嵯峨の鮎食ひに都鳥　貞室

『一本草』所収。

嵯峨の鮎は大井川産のもので名物であった。「都鳥」はちどり科の鳥。嘴は長く黄赤色。頭、背面、尾の先端は黒く下面は白色。『伊勢物語』に「名にし負はばいざこととはん都鳥わが思ふ人はありやなしやと」と歌われたことで知られた。

前書に「京にてむつまじかりつる友の、武蔵国に年経て住けるが、角田川一見せんとさそひければまかりて」とある。江戸の友達に誘われ角田川を見物、その返礼に京の大井川の鮎を食べに来給え、と誘ったのである。「角田川」の縁で友を「都鳥」と呼び、「嵯峨の鮎」を食べに来い、と技巧を以て挨拶した句。貞門独得の表現技巧ではあるが、真情がこもっている。こうした誘引なら是非行きたいと即答するというものだ。

杉田久女の

笹づとを解くや生き鮎真一文字

は形の揃った鮎の美しさである。一見した時のよろこびが弾んでいる。驚歎の声もきこえる。

今年竹

藤枝も竹の子の産地であることを知ったのはここに移り住んでからのことである。藤枝ばかりでなく、近隣の岡部町は有名で、静岡市や清水市も竹の子はよくとれるという。「竹の子流し」の言葉も静岡県が発生の源ではないかという説があるくらいだから、古来産地として知られていたことの証となる。

毎年お茶店の若主人が、知人の家から朝掘りして来たものといって届けてくれる。食べるための面倒な手順を教えてくれたのもこの人だ。だからまさに旬のとき、一度ならず竹の子飯にしたり、吸物にしたり、煮物にもして竹の子づくしを味わう。ありがたいことだ。竹の子ばかりは一本二本といった少ない量ではなく、必ずまとまって五、六本といただくので手間がかかるが、季節の味とよろこんでいる。以前はさほど好まなかったのだが、これを食べないと五月を迎えられない気分になっているのだから不思議なものだ。

五月になって竹の子が成長し、藪の中で存在が著しくなるころもいい。その成長には目を見張るものがある。日々の成長ぶりに生命力の心地よさを受けとめもする。「竹の葉」「竹の若緑」ともよまれる。

若竹や竹より出でて青き事　北枝

『草刈笛』所収。

若竹の鮮しい青の色への賛嘆。竹藪に一際目立つ今年竹の青さ、親竹の幹は青さが失せ黄ばんでいるだけに、その青さが際立つ。この句「青は藍より出て藍より青し」の出藍の誉の成句を下敷にしていよう。親竹の色に似合わぬ若竹の青さをいうのに、この成句を想い起こしたのである。「青き事」はさきにもふれたが、若竹の幹の青さへのおどろきであるが、その幼さへの詠嘆でもある。「まだ青い」など、その幼さをやゆした語も意識にあったに違いない。

水原秋櫻子の

若竹の琅《ろう》玕《かん》苔に立ならぶ　『玄魚』

も若竹の美しさへの賛歌である。「琅玕」とは暗緑色または青碧色を呈する半透明の美石をいう。

風ごとに葉を咲き出すやことし竹　　　千代女

『千代尼句集』所収。

親竹を抽んでて伸びた若竹。むちのようにしないながらゆれている。一枝一枝に若葉がそよぐ。その若葉も幼くしっかりとした広がりを見せてはいない。その初々しさが今年竹の動きの武骨さに比べて愛らしい。

「葉を咲き出すや」に、女性らしい優しい情が感じられる。いかにも高速度カメラがとらえた動きのように、一葉一葉が広がって行く様子が受けとめられる。広がると表現せず、「咲き出す」としたところに若葉の美しさがとらえられた。実際に風が吹くたびに広がるのではないだろう。幼いそよぎぶりから受け止めた感じなのである。

闌更にも

わか竹や今解けし葉に風わたる　　　『三傑集』

がある。この句も瑞々しい。両句とも朝の、しかも山から吹き下ろすすがすがしい風が感じ取れる。

わか竹や村百軒の麦の音　召波

『春泥発句集』所収。

この句からもさわやかな風の音が聞こえる。家毎の竹藪には若竹が抽んでて見える。その家々の前には麦畑が広がっている。ようやく黄ばみ始めた麦畑。まだ刈り入れには間のある頃だ。多くは青色がちの麦畑を揺らして風が渡る。竹藪の若竹もまた青々として、開いたばかりの葉を揺らしている。「村百軒」は大きくはない村ではあるが、小さすぎずほどよい村落の様子、いってみればまとまりの良い集合体であることがわかる。麦刈りにも、田植と同様に結《ゆ》いがあったことであろう。「麦の音」から、収穫時には村総出で作業をする様子が想像される。さわさわと鳴る麦の穂の音に、今年の出来の良さを諾って、その時を楽しみに待っている村人たちの顔も見えてくる。

旅先での豊かな村の所見とも思われるが、村の生活の中に入っての句と見た方が、この句の活々とした調子にふさわしい。

若竹に折ふし雲の往来かな　大江丸

『はいかい袋』所収。

親竹のやや黄ばんだ葉とは違って、瑞々しい葉を風によそがせている若竹の姿は潔い。折々その姿に目がとまり、その若々しく美しい姿を賞でていたに違いない。

若竹に目をそそぐと、山からすべって来た白雲が若竹の上にかかり、ゆっくりとすぎて行く。若竹は風にゆれて光をかきまぜでもしているかのようにまばゆい。一片の白雲がすぎ、みがかれたような青空がのぞく。しばらくするとまた一方の雲が若竹にかかる。そうした動きのくり返しに時を忘れている。

とり立ててすることもない一日の消閑として、まことにのどかで清雅な風情である。隠者の閑居のさまが受けとめられる。

品格というものは巧まずして表れるものだ。有産階級の作者の、日常における大人の精神の豊かさ、おおらかさが感受される。

龍岡晋の

若竹や雨をこぼして走る雲　『龍岡晋句抄』

も動きに焦点がある。ぱらぱらとした降りざまの雨。その降りざまが、まだ繁茂しない葉をそよがせている若竹にはふさわしい。

若竹や一字の燈深からず　暁台

『暮雨巷句集』所収。

一読、池大雅の山水図の一景が浮かんだ。深くはない木立の中に小さな庵があり、そこに一人の人物が朱色で描かれている。賛は有名な李白の詩「牀前看月光／疑是地上霜／挙頭望山月／低頭思故郷」（「静夜思」）である。絵には松、楊、竹といった木立が描かれている。月光の下で書を読み耽っている様子とも思われる。更には、王維の「竹里館」の詩「独り坐す幽篁の裏／琴を弾じて復た長嘯す／深林人知らず／明月来りて相照らす」の詩情も重ねられているように思われる。

この句、夕暮の景だろう。繁茂した竹叢のために一層の暗さが感じられる。早々と燈した灯火に書を広げている隠者。「燈深からず」に夜の闇の厚さではなく、薄暮の様子と思われるのだ。青葉闇といった状態であったろう。燈火の黄色に暗緑色の闇が見え、この頃の湿潤な空気が伝わる。

中川宋淵の

禅堂のぐるりの闇の今年竹　「雲母」

も同様、時節の状況を表している。

今年竹も淋しき秋の始めかな　路通

『桃ねぶり』所収。

竹の子を生じた後、親竹は葉を黄色に染める。その様子からこの時期「竹の秋」ということは衆知の通りである。周辺の瑞々しい若葉青葉に比して、竹藪が錆色を呈したさまはわびしい景である。竹の子も成長し、若竹となり、葉をひろげて親竹の仲間入りをし、その親竹に習うように、葉がやや黄ばみ始めた様をとらえ、その成長ぶりに驚きつつも、衰退のさまを受けとめ、淋しい気持になっているのである。

こうした句も、時への詠嘆の一といってよいだろう。

あじさい

アジサイは古名をアヅサイといった。集まる意の〈アズ〉と、真藍の〈サイ〉から出た語という。つまり、藍色の花が集まり咲くという意味である。咲き初めは白く、次いで淡黄緑となり、碧紫色とすすみ、紫褐色となって終る。この色彩の変化をとらえて七変化、しちへんぐさなどとも呼んでいる。他の異名に、四《よ》英《ひら》の花、てまりばな、かたしろぐさ、刺繍花、八仙花などがある。

このごろは各地にあじさいで知られる所が出来たが、古くは鎌倉明月院のものが有名であった。今のように人も多くは来ず、整備されていなかったが、梅雨の晴間を見計らっては訪ねた。何よりも静寂さがよかった。また、箱根登山電車から見る沿線のあじさいもいい。

しかし、私はさくらのころのようには心弾まない。もちろん梅雨どきのうっとうしさもあろうが、このあじさいに明るさを感じないからだ。「母よ――／淡くかなしきもののふるなり／紫陽花《あぢさゐ》いろのもののふるなり／はてしなき並樹のかげを／そうそうと風のふくなり」（『測量船』）と三好達治がうたった詩は愛好してはいても、この花に心を搔き立てられることはない。雨の家居にあって、ぼんやり眺めているにはふさわしい花だ。まことに季節の花だと思うし、あじさいは雨がなければ似合わないと、雨中の景色を肯定しつつも、雨にうたれる藍、紫の色がなんとも淋しいのだ。私には陰《いん》の花と思えてならない。

あぢさゐに喪屋《もや》の灯のうつるなり　暁台

『暁台句集』所収。

暁台は久村氏。本姓、加藤氏。別号、暮雨巷。寛政四年（一七九二）一月二十日没。名古屋の人。横井也有から庇護を受けた。丈草に私淑。晩年二條家に召され、中興宗匠の称を得、花の本と号した。蕉風復帰の運動を展開。『去来抄』などを覆刻。

「喪屋」とは、本葬まで屍を仮におさめて置いて葬式を行う屋（『広辞苑』）、の意である。庭にかたまり咲くあじさいを、喪屋から洩れる灯が浮かび上らせているのだ。灯火の揺れそのままに、明と暗とがあじさいの花にも及び、花のまりは浮き上り、葉込みは闇に沈んでいる。細雨が灯火の界に入りきらきらと見えては消える。

喪屋は明るく灯に浮かんでいても物音一つしない静けさである。その静けさがその家の悲しみの深さを伝えている。そうした雰囲気が庭前のあじさいにまで漂い、あじさいの花叢はしんと静かだ。喪屋の洩れ灯の照らすところだけがつやつやと濡れ色を見せている。通夜の重苦しい雰囲気と寂寞さとがとらえられた。

富安風生の

鍛冶の火を浴びて四葩《よひら》の静かかな　『草の花』

は、早朝の景である。この鍛冶屋は馬具や生活の雑具を打っている、小さな店であろう。この鍛冶屋の裏庭の景が目に浮かぶ。あたりがまだ薄暗い中、鍛冶屋の炉の火照りが、近くのあじさいの花の藍を際立たせているのだ。「静かかな」に、風もなく、したがって揺れることもないあじさいの花の毬の姿がとらえられた。梅雨寒の空気も受けとめられる。

あぢさゐの花や手鞠《てまり》の染めかへし　北　枝

『草刈笛』所収。

あじさいの異名、手まり花を意識して作った句である。白に始まったあじさいの咲き初めを眺めていた作者。数日してあじさいの花に目をとめると、浅黄緑の色に染まり始めていたのである。やがて藍色に変わり、紫となるその咲きざまを眺めては楽しんだのだ。何度も花のまりの色が変化することが何とも楽しく羨しくさえあったのである。背景には、子供達のきらびやかな手鞠の色彩が意識されており、その変化しない様子と、あじさいの花の毬とをひき比べていたに相違ない。「染めかへし」に、色彩の変化に対する驚きと、新鮮な感動をもって同じあじさいを眺めていた作者の様子が受けとめられる。

滝春一の

紫陽花や卓布をつくるレース編　『暖流』

も色彩対照がいい。このあじさいは室内の洋花とも思われるが、やはり在来の藍色の花がふさわしい。折々、あじさいの花に目をやりながら、卓にかけるレースを編んでいる。膝にはかなりの編片がたまっている。レースの白さが清楚である。静かで和やかな雰囲気が一句を領している。

あぢさゐを五器に盛らばや草枕　　嵐雪

『杜撰集』所収。

嵐雪は服部氏。別号、嵐亭治助、雪中庵。淡路、江戸湯島生まれの説がある。武士、のち致仕。芭蕉初期の門人。元禄三年（一六九〇）『其袋』刊。其角と江戸蕉門を二分する勢力があった。禅を学び、不白玄峯居士と称した。英一蝶に画を学んだ。

「五器」とは、仏具の意もあるが、句意から食器のことと思われる。一読、『万葉集』に載る有間皇子《ありまのみこ》の「家にあれば笥《け》に盛る飯を草枕旅にしあれば椎の葉に盛る」の歌を想い重ねた。流離の旅先での食事を、椎の葉に盛らねばならぬわびしさ、せつなさ。悲しみを抑えて、むしろその粗末な食器を肯定しようとする心が、また、見守る人々にいたわしさをもたらせるのだ。嵐雪は旅先にあって食事をとるのではない。辺りに咲いたあじさいの花を手折りたいと思う。しかし、折った後どこに挿したものかと迷う。花のまりの部分だけを切り、これを旅の食器に盛ればいい、と心弾ませているのだ。実際に食器に盛るような酔狂はしまい。ままごと遊びの童女よろしく、花の丸みが食器に収まる大きさであると顧みて興じ、旅のつれづれをなぐさめているのである。

あぢさゐの陰にうつつやひる狐　闌更

『三傑集』所収。

闌更は高桑氏。別号、二夜庵、芭蕉堂。加賀金沢の人。希因に学ぶ。のち京に移り医を業としつつ東山の双林寺に芭蕉堂を営んだ。芭蕉の関係著作を復刻するなど、天明俳諧復興に貢献、寛政五年（一七九三）には二条家から俳諧中興花の本宗匠の号を与えられた。

場所は山村。裏庭からすぐ小高い山につづくような所であろう。あじさいのかげにきつねがうつらうつらうつらしている。細い目を閉じ、ときおりうっすらと目を開けたりして、警戒心はうすれている。その様子は人をばかすといわれるような狡猾な姿にはみえない。「ひる狐」との表現には対照的に夜の狐が想い重ねられる。夜には目を光らせ、精悍な顔と敏捷な動作で人を誑すきつね。昼間のきつねは、そうした様子とは似ても似つかぬ鈍重で倦怠そのものの姿である。その対照に興趣が湧いたのだ。この「あじさい」はこんもりと繁っていなければならない。その暗い陰に安んじているきつね。きつねはそのひややかな小暗さにねむって、夜の魔力を蓄えているのであろう。物音一つしない山村の昼の景。

あぢさゐや澄み切つてある淵の上　　　蒼《そう》虬《きゆう》

『蒼虬翁句集』所収。

蒼虬は成田氏。金沢の人。武門の出であったが闌更を頼って京にのぼり俳人となった。初め槐庵二世、闌更没後は芭蕉堂二世となり、全国を行脚。のち南無庵二世、更に八坂に対塔庵を結んだ。

「澄み切つてある」の表現が巧い。淵の動かない状態を活写した。動かないからいっそう水の青さが澄んで見えるのだ。おそらく天も青く澄んでいたであろう。青い花を群がり咲かせたあじさいもまた動かない。青色の淵とあじさいと空との対照。一句を青色が統べて濁りがない。空・あじさい・淵と、視点が高所より次第に下降することもこの句の特色である。

水原秋櫻子の

濯ぎ場にあぢさゐうつり十二橋　　『葛飾』

は、水清らかな水郷の、のどかで和やかな情景である。

秋

月

俳句に係わる方の大多数は月の名所での観月会を早くから計画されたり、あるいは秘かにその場所を定めて一人月を仰ぐのを楽しみにされているに違いない。花と同様月も天候次第だから、計画通り最上の機会に恵まれるのはまさに一会の貴さである。

古来詩人歌人は月に心を寄せ、その名作は数多い。芭蕉もまたその一人であった。貞享四年（一六八七）仲秋八月、鹿島神宮に名月を見ようと旅立ち、元禄元年（一六八八）吉野への旅の後、最上の名所といわれた更科姨捨に月見をしたこと、同二年「おくのほそ道」行脚では、第一に松島の月を心にかけ、敦賀の湊で名月を賞讃し、さらに三年には義仲寺で名月を賞で、翌年もまた近江の連衆と待宵・望月・十六夜の三夜にわたる観月会を催している。かく執着する縁を八月十五日生まれとする一説に帰するのは安易にすぎるが、風流人として雪月花に心を寄せるのは当然のことと言い放てない、風雅の魔心に憑かれたような執心ぶりである。

ものに執着するためには、万物に好奇心を持つことである。好奇心こそ文学活動の源泉である。

おもしろう松笠もえよ薄月夜　土《ど》芳《ほう》

『猿蓑』所収。

土芳は服部氏。別号蓑虫庵。伊賀上野の人。幼少のころ藤堂藩士服部家の養嗣子となり、槍をもって藩に出仕。芭蕉より一、二歳年少で幼時より親しく、のち芭蕉に従い、三十歳で致仕。俳諧一筋に生き伊賀蕉門の重鎮。芭蕉を敬慕すること厚く、篤実な性格でその著『三冊子』は信頼されている。

前書に「翁を茅舎に宿して」とある。「茅舎」は粗末な家のこと。土芳の庵。すなわち蓑《さ》虫《ちゅう》庵（みのむしあん）。「薄月夜」とは、ほのかに光る月の夜。

「おもしろう松笠もえよ」に師を泊めた心の興奮が受けとめられる。松笠は、土芳の庵近くで拾いあつめたものであったろう。特にもてなすものとてない貧乏な庵住のこと、せめてもの興に松笠を焚いて一時楽しんでもらおう、というのである。「薄月夜」の「薄」が働いている。月の淡い光であるとともに、その淡さゆえに夜風が冷たく感じられもするからである。火の恋しいと思われるとき、その心を汲んで松笠の焚火を趣向したのである。松笠の火色は明るく、あたたかかったことであろう。そのことで芭蕉と土芳の心は一層強く結ばれたに違いない。

この句は初案は下五が「おぼろ月」であった。それが『猿蓑』入集時、芭蕉の指示によって改められたようである。この大胆な推敲の様子には目を見張るばかりだ。

三月十一日に芭蕉を泊めたのだから「おぼろ月」は当季にかなっている。だが「おぼろ月」と置いてこの句を考えるとき、松笠の焚火はふさわしいだろうか。暖かな空気に松笠の火はぴったりとこない。「薄月夜」と、秋冷の気に松笠の火色を合わせると、火のぬくもりに庵住の心遣いが強く感じられる。一字の恩とは、まさに短詩型なればこその言であろう。一句を生かすための推敲は、現代俳句でも、否、現代俳句だからこそというべきか、充分学ぶべきことである。

逆のぼる鮭に月飛ぶはやせかな　　五明

『五明句藻』所収。

五明は吉川氏。秋田の人。別号小夜庵。少時より俳諧を好み、美濃派にひかれ、『猿蓑』

に感動して、以来蕉風賞揚に努め、秋田正風の祖となった。月居・成美らと親交があり、蕪村の句風に傾倒した。

「いづみにて」と前書。泉は秋田北郊、雄物川の支流、旭川がある。

「月飛ぶ」は、月面を横切る雲の速さにより、月が飛ぶように感じられる状態ととるのが普通だが、この語が下の「はやせかな」に読み継がれることで、奔流に映る月が、いかにも飛ぶように受けとめられたものとも考えられる。

月が中天に耿々と照り、月光が奔流をきらきらと光らせている。遡上《そじょう》する鮭が月光を微塵にしてまばゆいばかりだ。産卵の場所を求めて憑かれたように上流へ上流へ昇って行く鮭の群れ。月が鮭に声援を送っているかのようだ。原初の自然の力強さを感じる。また、生命力の神秘さ、躍動感が見事にとらえられている。

皆吉爽雨に

旅の吾も眼なれて鮭ののぼる見ゆ　『雁列』

があるが、上掲の句に比べるといかにも弱々しい。「鮭ののぼる見ゆ」と直叙しただけで、具体的な姿が表されていない。表現するとは、自分が感動したことに形を与えることだ。句の上に形を現わすために再度ものをよく視ることである。

ふはとぬぐ羽織も月のひかりかな　　成　美

『成美句集』所収。

成美は夏目氏。浅草蔵前の富裕な札差であった。特に師とする者は居なかったが、蓼太、白雄、暁台らと交流し、完来、道彦、巣兆とともに四大家と称され声望が高かった。一茶の庇護者として特に知られている。

月光に存分濡れて外出から帰り、部屋で装いを解こうと先ず羽織を脱ぐ。きちっと整えるのももどかしく、無雑作にぬいで傍らに軽く投げ出すと、その羽織に月光が揺らめいたのである。「羽織も」の「も」がここではよく働いている。この身も部屋も、である。羽織が月のスポットライトを浴びて、まるで生き物のように感じられたのだ。あらためて月の明るさに立ちつくしたことであろう。

羽織を脱ぎ、堅苦しさから解放された安堵の息遣いが感じ取れる。

桂信子は

月の中透きとほる身をもたずして　　『女身』

とよんでいる。肌の艶が衣を通して照り輝いたという衣通姫《そとおりひめ》を意識したナルシスの句だ。

衣通姫のようではなくても、月光につつまれた女身は普段の自分のものとも思われず、美的雰囲気と興奮に心たかぶり、月光の中に立ち尽すのである。月が日常の汚濁を浄化し去ったからである。

雲を払ひ雲にただよふ風の月　樗《ちょ》良《ら》

『樗良句集』所収。

樗良は三浦氏。鳥羽の人。別号無為庵。紀州長島の百雄に学ぶ。伊勢山田岡本町に無為庵を結ぶ。しばしば上洛し、蕪村、几董、大魯らと親交を結び、のち木屋町三條に庵を持ち定住した。

台風一過の夜であろう。まだ名残りの風は吹いているが、晴れあがった空には月も輝いている。折々雲が月面を流れてゆく。「雲にただよふ」は、周囲に浮く雲に埋れることなく月が輝いているさまであるが、海に漂ふ舟のように月を見立てた表現でもある。風が吹き払うのだが、月を擬人化し、その威厳で雲を寄せつけないとみなした点が面白い。

久保田万太郎も同じような景をとらえ、

月は月雲は雲いましづかなり　『流寓抄』

とよんだ。さきほどまでかかわりを持っていた月と雲は、いまそれぞれの位置を占めて静寂そのものである。それぞれの座での安心立命である。これを仰ぐ作者の精神も安定している。

月に雲を詠うのは、常套的表現で陳腐になり易いものだ。常識を破るのは作者の囚われない心眼である。常識を退け、新鮮な驚き、独自の発見を詠うことだ。

吏登の

月見する水より音の尖りけり　『吏登句集』

の感覚は新しい。特別に素材が新しいものではない。「音の尖りけり」の把握が鋭いのだ。月が昇るにつれて静寂が深まって行く。水の音が高まるとともに、吹く風も涼しさから冷たさにかわって行ったことだろう。

秋風

藤原敏行朝臣が「秋来ぬと目にはさやかに見えねども風の音にぞおどろかれぬる」(『古今和歌集』)と詠じたように、繊細な感覚の持主の詩人たちには、風の吹き方で秋の訪れを察知出来たのである。別の言い方をすれば、それほど暑さを厭い、秋の到来の早かれと願いつつくらしていたことでもある。冷房によって快適な夏をすごせるなど、科学の恩恵に浴した生活に居るわれわれが、そうした微妙な変化を感知出来なくなったのは当然のことなのだ。

秋風の異名には商風、金風、素風などがある。中国では、秋風は西風ととらえ、木火土金水の五行の金《こん》に配して「金風」といい、色に配した「素風」とは、白色をいう。

芭蕉が「おくのほそ道」の途次、那谷寺でよんだ

石山の石より白し秋の風

はこの白色を意識し、色なき風ならぬ、石より白い、と秋風の清明さをとらえたものである。大気の澄みもまた把握されている。去来の

白川や屋根に石おく秋の風　『伊勢紀行』

もまた同様に、白風を意識しての句である。

終夜《よもすがら》秋風きくや裏の山　曾良

『猿蓑』所収。

「加賀全昌寺に宿す」と前書がある。

曾良は河合氏。信濃国上諏訪の人。伊勢国長島の大智院の住職であった叔父を頼り、長島藩に仕官。のち致仕して江戸に出、芭蕉に師事、その日常生活を助けた。『鹿島紀行』『おくのほそ道』の旅に随行。このときの記録『曾良随行日記』は貴重な資料である。

この句は「おくのほそ道」の旅に随行中、「腹を病みて、伊勢の長島」へ一人先立ったときのものである。「全昌寺」は、石川県大聖寺神明町にある、曹洞宗の寺。ここには杉風作の芭蕉像がある。

座五の「裏の山」が重々しい。障子の外の闇にのしかかる寺の山の黒さが、作者の心中の不安を象徴している。秋とはいいながら、北国の早い冬の訪れを知らせるかのような強い風に、木の葉の吹き散らされる音が混り、一層寂寥感をつのらせる。

病とはいえ、これまで同道して来た芭蕉との旅をあきらめねばならぬ無念さ。また、師を一人にしてしまう申し訳なさと、前途への不安などで、心を痛めながら一夜寝つかれなかった曾良には、秋の夜の長さは、過酷な時の責め苦であったろう。

芭蕉はこの句に応じて、「一夜の隔千里に同じ。吾も秋風を聞て衆寮に臥ば」とこの時の気持を紀行に記している。師弟の細やかな交感が心にしみる。

阿部次郎は

宵闇に秋風聴くや我一人　『阿部次郎全集』

とよんでいる。この句に表れたものは、哲学者の孤影であり、秋思である。

秋風や蚊屋に刀の鎮《しず》置かん　召波

『春泥発句集』所収。

召波は黒柳氏。別号春泥舎。初め漢詩を服部南郭に学び、同門であった蕪村を知り俳諧に接近した。几董の父几圭に学び、さらに蕪村に従った。遺稿に『春泥句集』があり、その序文を蕪村が書き、中で離俗論を説いていることで知られる。

暑さを厭い雨戸を閉めずに居ると、夜に入ってかなりの風が吹き始めた。しばしば蚊屋の裾がめくられるほどなので、傍らの刀をその裾に重しとして置こう、というのである。「置かん」という断定的でない表現から、鎮になるものをさがし、刀に行きつくしばしの時間があることが想像され、そこにいささかのけだるさも受けとめられる。

刀を鎮とする行為から、蚊屋の中の人物は武士であることがわかる。閨房の景という必要はないが、何となく艶な景が想われるのは、この句が物語性を持っているからであろう。

同じ蕪村門の几董は

絵草紙に鎮おく店や春の風　『晋明集二稿』

とよんでいる。絵草紙屋は婦女子向きの読み物を置いた。春風はその表紙をぱらぱらとめくる。そのためのおもしである。きれいな絵草紙と婦女子の客のはなやぎ。艶のある句だ。

山口誓子の

静臥椅子秋風の書に指挿む　『七曜』

は日常の読書の景である。病人が静かに本を読んでいる。思いがけなく秋風が吹き入り、頁をぱらぱらとめくる。あわてて自分の指を本の間に入れてしおりになるものを探す。動作で秋風の中の一こまを捉えた。

秋風や板絵馬さわぐ藪の神　梅室

『梅室家集』所収。

梅室は桜井氏。別号、雪雄など。加賀金沢の人。藩の刀研師。十六歳ごろ俳諧に志し、馬来、のち闌更に師事。文化四年（一八〇七）上京し俳壇に活躍した。文政から天保にかけて江戸に滞在、帰京後いよいよ俳名が高く、幕末の大家と称された。嘉永四年（一八五一）に「花の本宗匠」の称号を受けた。

何を祀る社かはわからぬが、藪の中に古社があり、そこに奉納された絵馬が秋風の通うたびにかたかたと鳴るのである。「板絵馬さわぐ」に数多い絵馬であること、それによって、近在の人々の信仰が篤いものであることが受けとめられる。

「藪の神」とその位置が提示される。明るい場所というより、むしろほの暗い中に鎮座している神である。藪もまた、ざわざわと鳴っていたことだろう。そこに威厳というより、いささか気味の悪さ、ものおじさせる雰囲気がある。それは、「秋風や」と身に沁む風の配置が効果をもたらせているからであろう。

藪の葉騒、古い絵馬の立てる音、それ以外は人の気配もない社の秋景色である。闌更も

秋風や鰐口さびる弥勒堂　『三傑集』

とよんでいる。「鰐口」とは、神社仏閣の堂前に吊す金属製の具。その前に布の綱をつるし、参詣者がこれを振り動かして鳴らす。

鰐口が錆びるといいながら参詣者の少ない弥勒堂のさびしさを表現したものである。芭蕉の「あき風や藪も畑も不破の関」(『野ざらし紀行』)と同じ荒廃への慨嘆である。

十団子も小粒になりぬ秋の風　許六

『韻塞』所収。

「うつの山を過ぎて」と前書がある。

許六は森川氏。別号五老井。近江国彦根藩士。はじめ絵画、漢詩をたしなんだ。三十歳前後より俳諧に心を寄せ、尚白、其角らの指導を受け、元禄五年（一六九二）江戸出府の折、芭蕉に入門した。芭蕉の信頼篤く、芭蕉は狩野派の画才のあった許六に絵を学んでもいる。

「十団子」は、駿河国宇津谷峠の名物である。大きさは小指の先ほどで、十個ずつ麻糸や竹串に貫いて売った。昔は杓子に十箇ずつすくいあげて客に出したことによる名という。いまは、これを数珠のように輪にして八月二十三日慶竜寺の地蔵盆だけに売る。この句は静岡俳文学研究会（元会長南信一、副会長上田五千石）によって句碑となっている。

「十団子も」の「も」に世事万般への思いがこめられている。急速に冬へ傾斜して行く季節への感慨が、緊縮する世情の推移のわびしさに響き合う。芭蕉は「白」によって清澄な秋風をとらえたが、許六はその白を潜めて秋風の新しい解釈を示した。「小粒になりぬ」の詠嘆には、世智辛い世相が具象化されている。許六が説く「取り合せ」の典型である。二物が力の均衡を保たんと火花を散らす。

清澄と縮少の秋の季節が巧みにとらえられた。

野分

「野分」は「野分きの風」の略。野の草を分けて吹く風をいい、今日の台風のことである。野分めく風を「野分だつ」といい、『源氏物語』の桐壺の巻に記述がある。「野分」は秋の到来を実感させるよき響きがある。タイフーンを台風と置き換えただけの言葉は味気ない。古代の日本人は言葉を生む才能が豊かだったと思う。今は散文的になり、デモンストレーションをデモ、テレビジョンをテレビ、など簡略化して和製英語のようにしてしまう。これが一般化して何でも短くいうことを流行らせてしまった。またいまやたらに横文字を用いる傾向が強く、日本車が海外で人気を得ていても、車名は外国語を用いているから、日本車という意識は薄いのかもしれない。日本で、高級車のイメージの強いドイツにおいても、日本車の占める率はかなり高いという。平成四年（一九九二）の俳人協会訪独団の団長だった成瀬櫻桃子氏（元「春燈」主宰）は、駐車場にあった車の八〇％以上が日本車だったといわれた。すべてのものに日本名を堂々と名乗ったらよいのにと思うのだが。

芭蕉野分して盥《たらい》に雨を聞く夜かな　芭蕉

『武蔵曲』所収。

芭蕉が何事にも便利の良い江戸市中から市外の寒村深川に移ったのは延宝八年（一六八〇）の冬のことであった。三十七歳になっていた。翌天和元年（一六八一）春、李下が草庵に芭蕉を植えた。芭蕉庵と称されるようになり、翌二年に芭蕉号を公にしたのである。この句の「芭蕉」はそうした背景を持つ。芭蕉の葉は破れ易い。大風に音をたてて葉が破れる。草庵の内部はまた折からの強い雨に雨漏りがして、それをふせぐために漏にあてた盥に雨滴が音を立てている。わびしい音であり、貧寒な生活ぶりを一層わびしく感じさせる光景ではあるが、詩人芭蕉は歎いてはいない。その外・内の音の交響に興じてさえいる。何故か。それは詩聖杜甫が、成都の草堂を強風に破られたとき、「茅屋為二秋風所トレ破ル歌」を作っているが、その詩を諳じていた芭蕉は、杜甫の境地を追体験出来たからである。漢詩を借りて自分の置かれた心情を述べる方法を認識したからである。

川端茅舎は

野分して芭蕉は窓を平手打つ　『川端茅舎句集』

とよむ。強風の中の激しい芭蕉の動きをとらえている。このとき茅舎は芭蕉の句を意識に上らせて、その相貌を想い見ていたことだろう。

たふれたる竹に日の照る野分かな　　樗良

『几董日記』所収。

古くは野分の吹き荒れることを直叙するより、その翌朝の景に興じることが多かった。『枕草子』に「野分のまたの日こそ、いみじうあはれにをかしけれ。大きなる木どもも倒れ、枝など吹き折られたるが、萩、女郎花などの上によころばひ臥せる、いと思はずなり」（一九一段）や、『徒然草』に「野分の朝こそをかしけれ」（十九段）とあるごとくである。

この句もそうした古人の常識の上に立つ。野分の吹き荒れた翌朝の景だ。風や地震に強いといわれる竹が倒れたのだから、昨夜の野分の激しい吹きざまが想像出来る。

繁茂していた竹藪の中の竹が倒れ、そこにいわゆる台風一過の太陽が強い光を投げかけている。太陽光線に照らされた竹の青さが鮮やかに印象されたのだ。「野分かな」の詠嘆は現在野分中ということではなく、改めて強かった野分を回顧してのものだと思う。

松本たかしの

大入日野分の藪へ轟然と　『鷹』

は、大景をとらえた力強い句である。

日のいろや野分しづまる朝ぼらけ　大江丸

『俳懺悔』所収。

『夫木和歌抄』秋に、野分として「吹きすさむ野分の空の雲間よりあらはれわたる有明の月　為家」があるが、とらえ方はこの歌に似ている。

一晩中吹き荒んだ野分も、朝方になってようやく衰えてきた。その状態を空の景でとらえた。

「日のいろや」の詠嘆に、太陽の全円はまだ見えず、おぼろのごとくではあるが、太陽が昇り始めたことを知らせる、赤く染まった雲に受けとめている。ここに新鮮な色彩が感受され、かつ作者の安堵の念も表出している。穏やかな秋の一日の始まりがいいとめられた。

松根東洋城の

淋しさや野分やむ時海の音　『新春夏秋冬』

は、「凩の言水」の句と同様音の交替をとらえた句である。

山は虹いまだに湖水は野分かな　一茶

『寛政紀行』所収。

前方の山は野分が去り、のぞいた青空に虹をかかげてもいる。だが、足下の湖は、その余波の風が強く吹いて、湖面には荒々しい波が立っている。湖を特定してはいないが柏原に近い野尻湖ではないか。「いまだに」の表現に、いまだ収まらない湖の荒々しさを実見し、激しかった野分の吹きぶりを思いやっている。あきれて見入る一茶の顔付が見えるようだ。そうした執拗さに故郷人の気質への皮肉もこめられていよう。それにしても野分後の山に懸った虹は美しく印象される。美しいものを見とめたが故に、湖の荒々しさは画竜点睛を欠くと一茶は腹を立てているのだ。

山口誓子は

野分過ぎ満天の星火の穂だつ　　『七曜』

と、天の清澄さをとらえた。

戸明くれば月赤き夜の野分かな　　闌更

『半化坊発句集』所収。

宵の口は激しい雨風であった。戸を閉めて部屋でひっそりとすごしていたのだが、寝につくころ、外の様子は大分静かになったようだ、と戸を開けてみると、風は強いものの空には月が明々と照っていた、というのである。「月赤き」は空の暗さと月の明るさとの対照からの驚きである。明日の晴天を予想させる赤さ、明るさである。平明に叙されているが、天候の変化を見留めた驚きが表出している。

古人は「野分」は雨風の強さより、暴風としていたようだ。「七八月に吹く大風なり。暴風とも書く」（『御傘』）、「仲秋には、荒き風を野分といふ」（『三冊子』）とある。

臼田亜浪は

地虫鳴く外は野分の月夜かな　『亜浪句抄』

と、平安の景をよんでいる。

鳥羽殿へ五六騎いそぐ野分かな　蕪村

『蕪村句集』所収。

蕪村には、保元・平治物語など軍記物語や古物語に取材した句が多く見られるが、この句もその中の一である。実景ではない。絵巻物を見ての句かもしれない。しかし、いかにも現実の景を見ているような迫真力がある。「鳥羽殿」は、京都市伏見区鳥羽にあった白河・鳥羽両上皇の離宮である。事変があったことを知らせるためであろうか、五、六騎の騎馬武者が、野分の吹き荒ぶ中を鳥羽殿の方へ駆けてゆく。不安げに見送る人々。躍動感溢るる句。

写生を大切にする現代俳句では、ものに即くことばかりを考え、想像力は重んじられない傾向があるようだが、写生面の手本とされた蕪村は、むしろものを見て作るより、殆どがその想像力を働かせたものであった。詩にとって想像力は大切なものなのだが、この面を強調した論は少ない。

露

昭和六十一年（一九八六）五月下旬、静岡県日中友好代表団の一員として浙江省を訪問した。杭州駅に着いたときは、大きな満月が輝いていた。早朝あこがれの西湖畔に立った。草々に置いた露が光っていた。昨夜の満月の光が地上に散って、そのまま凝ったかのようであった。

林火先生は、昭和五十七年（一九八二）、三度目の訪中の機を得、この地を訪ね西湖を眺めることを楽しみにしていたのだが病のため八月に亡くなられた。

残る露残る露西へいざなへり　　『月魄集』

の吟を残して。師をしのびつつ、蘇堤の夏柳の瑞々しさに、今日より始まる公式行事の繁忙さを忘れていた。

「露」について『山の井』に「薬師草に置けるを瑠璃の光かと疑ひ、観音草に結べるを如意輪と言ひ立て、月を宿しては水取る玉と見なし、闇に光るをうば玉などとも言ひなす。また、靡きあふ花壇に露のふり心を咎め、色なき露の染め分くる千歳を怪しみ、なほ末の露もとの雫にせんぐりな世を思ひ、無常の風は時を嫌はぬ露の身をはかなむ心ばへなどすべし」と説く。はかない露の有り様に、「露の身」のごとく無常を嘆き、「袖の露」のように恋の涙に寄せてもいう。また、楊貴妃は花の露を吸って宿酔をさましたという言い伝えもある。秋の景物「露」は、人にものを想わせるものなのである。

露の世や万事の分別奥の院　宗因

『俳諧三部抄』所収。

高野山の奥津城、奥の院。ここには法然、親鸞、多田満仲、熊谷直実、曾我兄弟、武田信玄、信長、秀吉ら歴史上著名な人々の墓が並んでいる。この世の権勢も地位も名誉も空に化して墓碑だけが静かに立っている。これを見る者が歴史のあれこれを思い起してしばし感懐にふけるだけである。

談林の総師としての宗因も、主家崩壊、連歌師へとこの世の有為転変を身をもって経験した一人である。表現は理屈であるが、深く重い詠嘆がこの句を支えている。露しとどに置いた小暗い墓所が、この世のはかなさ、むなしさを無言のうちに教えている、というのである。「万事の分別」とは、この世のすべてのものが空となることを訓《おし》えている。つまり、露のように短いこの世において、名利にあくせくし、蓄財に腐心することの虚しさ、愚かさを覚るところが高野山の奥の院だ、というのである。

池内たけしは

露の道高野の僧と共に行く　『赤のまんま』

とよんでいる。ここにはこの世を無常と嘆ずる心はあらわに表出していない。秋の高野での一事の報告である。しかし、俗事を離れたさわやかな澄んだ気分は受けとめられる。

まん丸な露や色葉のろの字なり　信徳

『口真似草』所収。

葉の上に置く露を見ての連想である。「色葉」とはいろは文字のことをいうのであるが、字面から色づいた葉を意識させていることはいうまでもない。紅く色付いた葉の上にこそまん丸な露が白いものと実感されるのだ。「ろ」の字は漢字の「呂」の草書体である。このもとの字のごとく置く露の重なりが意識されていると思える。

また、この見立てには『和漢朗詠集』秋、露に出る「可レ憐《シム》九月初三夜、露《ハ》似《タリ》二真珠《ニ》一、月《ハ》似《タリ》レ弓《ニ》」の詞章が基となっているかもしれない。

露を真珠と見立てたことは、露の清浄さを見事にとらえているが、これをふまえて、水茎あざやかな文字を連想したこの句も露をとらえて存在を示している。すがすがしく、美しい景である。

川端茅舎の

金剛の露ひとつぶや石の上　　『川端茅舎句集』

は、つとに有名である。瞬時にして消えてしまう露を金剛不壊《ふえ》の言葉のごとく、完璧な存在としてとらえている。心眼が捉えた荘厳世界である。こうした句は意図して出来るものではない。茅舎の宗教画の一つである。

白露や茨の刺にひとつづつ　　蕪村

『蕪村句集』所収。

『改正月令博物筌』には「白露は物に置きたる色をいふ」との記述がある。確かに露に色があるわけではない。草や葉の上の置く露だからこそ白くも見えるのだ。「白」には清らかさを重ねていることは言うまでもない。

この句も対照によっている。野茨の緑の葉や刺に結んだ露。よく見るとみどりの刺一つ一つに露の玉が光っているのである。はかない露が、こともあろうに茨の刺に結んでいる。まるで貫かれているかのように。その光景を蕪村は痛々しく眺めたことだろう。こうした構図を作り上げたところに蕪村の画人の眼が働いている。

また、この句はおそらく『李太白詩集』巻一、古風に出る、「秋露白如レ玉。団団下二庭緑一。我行忽見レ之。寒早悲二歳促一。人生鳥過レ目。胡乃自結束。以下略」の詩句を意識に置いていよう。特に一句目が注目される。玉は中国では宝石と同様に尊重した。露を玉のごとくと見た。さきにふれた真珠と同じ見立てである。蕪村はこれを承けて、僧正遍照の「浅緑糸よりかけて白露を玉とも貫ける春の柳か」（『古今和歌集』）を浮かべつつ、茨の刺に貫かれた玉ならぬ露を見た。もろくはかない露の実相に、この世の烈しい辛苦を見ている。

西島麦南の

しらつゆやすゝきにからむ葛かづら　『人音』

にも、秋のあわれ、人の世のむなしさがよまれている。頼るものもいずれは消えはてる。その消え果てるものに結ぶ露の美しさ。瞬時に消えさるものだからこそいまが最も美しいのだ。

おく露やいとど葡萄の玉ゆらぐ　蝶夢

『草根発句集』所収。

蝶夢は、別号五升庵。法号、幻阿弥陀仏。京の人。幼時僧籍に入り、二十五歳で阿弥陀寺帰白院の住職となる。巴人門の宋屋に師事、三十六歳、岡崎に五升庵を結び退院。広く各地を旅行。芭蕉堂を再建、俳諧集刊行するなど、芭蕉顕彰に尽力した。

「おく露や」と、これまでの常套的表現をとりながら、焦点を定め露の動きをとらえた点が巧み。ぶどうの房に置いたしとどの露。露の消える一瞬の動きによってぶどうの房が揺れると受けとめたのである。ぶどうの濃紫色と露の白の対照に、秋の早朝の山気の爽涼さが感受出来る。

ここにも、『年浪草』が引く、嘉元御百首、「風かよふ野原の草の上露は落ちて下葉にまた結びけり　頓覚」の歌が想われる。歌に言いとられた動きを、蝶夢は意識したかどうかわからない。歌で表された連続する動きを、俳句ではぶどうの房という、一定の場所に定め、露そのものの動きではなく、房の表面の光の屈折でとらえたところが巧みである。しかも色彩が浮かび上ってくるのがいい。

前田普羅の

露とけて韋駄天走り葡萄蔓　『飛驒紬』

もユニークだ。露が形を失い、す速い水の動きをとらえて見事である。濡れた、ぶどうの幹の黒い艶が見えてくる。

狩り入つて露打払ふ靫かな　召波

『春泥発句帳』所収。

同様の景を蕪村は「もののふの露はらひ行く弰《ゆはず》かな」（『蕪村句集』）とよんでいる。ともに草深い里、いや山中の露のころの一情景である。

原石鼎も

蔓踏んで一山の露動きけり　『花影』

と深い露へのおどろきをよんで、力強い。

現在、これらの句にとらえられたしとどの露が見られる場所はごく限られた所になってしまった。山が明るくなった。拓かれ便利になることをよろこんでいいのか悲しむべきことなのか。

砧

アサ、フジ、クズなどの繊維で織った布をやわらげるために槌で打った。この布を打つ道具が砧である。布ばかりでなく、草履を作るため藁をも槌で打った。砧は日本独自のものではなく、中国では古くから用いられていた。李白が「子夜呉歌」で「長安一片《ノ》月、万戸擣《ツ》レ衣《ヲ》声、秋風吹《キ》不レ尽《キ》、総《テ》是玉関《ノ》情、何《ノ》日《カ》平《ゲ》二胡虜《ヲ》一、良人《ノ》罷《メン》二遠征《ヲ》一」と詠んでいる通りである。

祖母は農家の出であったから、農作業にも詳しく、草履などの手作業も上手であった。父に命じて作らせた槌でよく藁を打ち、草履を編んだ。私もこの槌打ちを手伝わされた。手伝わされたというより面白がってごつごつと打っていた。夜なべ仕事に自分の足に縄をかけて草履を何足も作り、鼻緒はぼろ布をより合わせてすげた。学校の上履きに持っていった。藁のあたたかさで寒い思いをせずにすんだ。そのときはありがたいとも思わなかったが、折々当時を思い出しては祖母に感謝している。

砧打て我にきかせよや坊が妻　芭蕉

『のざらし紀行』に、「ある坊に一夜をかりて」とあり、この句が出る。『句選年考』では、「喜蔵院、南陽院などいへる妻帯の寺あり」と注釈している。吉野の妻帯寺に宿を求めての作であろう。芭蕉は吉野の印象を次のように書く。

独よし野のおくにたどりけるに、まことに山ふかく、白雲峯に重り、煙雨谷を埋んで、山賤の家処々にちいさく、西に木を伐る音東にひゞき、院々の鐘の声は心の底にこたふ。むかしより、この山に入て世を忘れたる人の、おほくは詩にのがれ歌にかくる。

吉野の静寂を称え、詩に遁れ歌に隠れた故人を想い、これと対応し、閑寂な地で隠棲は出来ないから俳諧に遊び、せめて一時俗界を忘れよう、というのである。そして『新古今和歌集』に載る藤原雅経の「みよし野の山の秋風さ夜ふけて古里寒く衣うつなり」を口ずさむ。雅経は遠くに衣うつ音を聞き、一層の寂しさを感じ取った。芭蕉はこの心の味を受け止めんと、「坊が妻」に砧を打ってほしい、と懇願する。身近にその音を聞くことで閑寂の世界に浸りたいのだ。実際聞かせてもらえたかどうかは問題ではなく、そう呼びかける弾み心が大切なのだ。土地への、その土地で残した先人の作品への挨拶なのである。吉野の前章である千里《ちり》の郷では、「わた弓や琵琶になぐさむ竹のおく」と、里の習いの綿弓の音を、雅の世界の琵琶に比して楽しんでいる。土地にふさわしい情趣を見出して興じている。この吉野では、先行文人の心を想い詩心を昂ぶらせている。

蕪村は芭蕉の句を意識して

憂き我にきぬたうて今は又止みね　『続明烏』

とよむ。この「憂き我に」の発想は、同じく芭蕉の「うき我をさびしがらせよかんこどり」(『嵯峨日記』)をふまえたものに違いない。心はれぬとき、その憂さを晴らしたいから砧を打ってほしい、と望み、しばらく聞くうち一層わびしさにとらわれてしまい、もう打つのを止めてほしいと呼びかける。心の動くままに句作りしたところが特色である。砧の情趣を想像して作ったものであろう。

夏目漱石も芭蕉の句を想いうかべ

聞かばやと思ふ砧を打ち出しぬ　『漱石全集』

と、願い通りに砧の音を聞けたよろこびをよんだ。

行く舟に遠近かはるきぬたかな　　几董

『井華集』所収。

川舟に乗って行く。舟の進むにつれて砧の音が近く聞こえ、やがて遠ざかり、再び近づき、遠ざかって行く。家々で打つ砧の音の遠近によって舟の動きをとらえた句である。

梅室も同じく音の変化を

行きゆけば左右になるや灯と砧　　『梅室家集』

とよんでいる。

砧はこのようにどこの家でも、衣をやわらげたり、わらを打ったりする道具として使われ、その音はごく身近に聞かれたのである。

大谷繞石の

僧と仰ぐ山門の月遠砧　　『改造文学全集』

によまれた名月を仰ぐ僧の姿は南画の一場面のようである。静寂そのものの景。

相住みや砧に向ふ比丘《びく》比丘尼　召波

『春泥発句集』所収。

蕪村の

御手討の夫婦なりしを更衣　『蕪村句集』

と同じように、物語的世界のひろがる句である。
「比丘」とは、仏門に帰依して具足戒（比丘、比丘尼の守るべき一切の戒律をいう）を受けた男子のことである。「比丘尼」は、出家して具足戒を受けた女子のことである。
「相住み」とは、同棲の意であるから、やはり世に隠れるところがあるように思われる。夫婦とはいえ、出家の身であるから、世間一般の生活とは異なる所があるのであろう。いま差向いになって砧を打つ。比丘と比丘尼の共同作業が面白く受けとめられたのだ。「比丘・比丘尼」の表現に、僧衣をまとった二人の姿が浮かび上り、慣れ親しんだ世の夫婦と違って、確かな隔りがある様子が感じられる。

島田青峰の

乱るるや二梃砧の一つより　『青峰集』

も夫婦して打つ砧であろう。妻の疲れからくるリズムの乱れと思われる。

日野草城も同じく

砧打二人となりし話声　『花氷』

と、その共同作業をよんでいる。

衣うつ音や風呂たく火の明り　蝶夢

『草根発句集』所収。

山村の夕景。あちこちの家から衣を打つ砧の音がきこえている。一軒の家では、いま風呂を焚いている火明りが闇に浮き上がって見える。家を支える者は、一日の農作業を終えて寛いでいるときである。

おそらく衣をうつのは老人であり、風呂の火の番をしているのは子供であろう。家中のものが協力し合って貧しさにくじけることなく日々を送っているのだ。平和でなつかしい山村の風景である。

阿波野青畝も

砧の灯芋の嵐にいき〱と　『万両』

とよむ。風に大揺れの芋の葉まで、砧をうつ夜なべの灯が差しているようだ。

小夜砧そこらあたりは山ばかり　蒼虬

『蒼虬翁句集』所収。

「山ばかり」の詠嘆に山の幾重もの重なりと、深い闇の様子が受け止められる。森閑とした夜の山家から砧の音が響いてくる。その単調なリズムを聞くうちにさびしさがつのったのだ。外を眺めると、見えるのは黒々と立つ山ばかりである。しんと冷え込んだ山の空気も感受される。

橋本鶏二は

奥笠置雪にとざされ葛砧　『年輪』

とよむ。奥笠置の村、深雪にひびく葛砧の音、厳しい冬の中の忍従の暮らしぶりが受けとめられる。

高浜虚子は

山のかひに砧の月を見出せし　『虚子全集』

と、山深い所での閑寂境をよんでいる。

蜻蛉

私の指導句会から雑誌「蜻蛉《せいれい》」が誕生した夏、夕方植木に水を撒いていると、繁茂した木の下から、ひらひらと蝶のように飛び出たトンボを見とめた。ムギワラトンボに似た光沢を持っていたが、トンボの飛び方とは違うと思った。かたわらの木蔭に入り止まったのをやっとつかまえた。頭に長い触角が二本あった。新種のトンボと思いこんで胸が躍った。新種のトンボだと騒ぐと、昆虫好きの娘も目をかがやかせてすぐ図鑑を開き確認する。しばらくして、ウスバカゲロウの仲間で、ツノトンボ科の、オオツノトンボという名前を持つものだとわかった。カゲロウ科に近いが昼間活動し、習性はトンボ類に似るという。娘は慰めるように、これではだれでも新種のトンボと思ってしまうよ、といった。これはこれでこのあたりでは珍しい種類であったので、NHKのお便りコーナに出した。テレビで放映されると、珍しいトンボがお庭に来て幸先よいですね、と手紙をもらった。私の雑誌名はカゲロウではなく、トンボの意である。セイレイと音読してもいる。カゲロウとよめ

るが一夜の生命であることを嫌った。つかまえたトンボは、カゲロウ科に近いものだから
やはりはかない生命と思っていたが、一夜ではなく六日程生きていた。これを標本として
記念にした。

白壁に蜻蛉過る日影かな　　召波

『春泥発句集』所収。
この白壁は屋敷倉であろう。朝・夕いずれともとれるが、私は夕方の景と受けとめる。
家の前には青田が広々とつづき、西に傾いた太陽が強い日射しを投げ、ものの影を長く
黒々と見せる。白壁は日に輝いて眩しいくらいである。さきほどから大ヤンマが虫を追っ
て往き来している。折々その影が白壁に黒く流れるのである。青田を越えて涼風が吹き来
る大きな田家のしづけさ。
福田蓼汀は

月痕をよぎりて高し朝蜻蛉　　『山火』

とよんでいる。有明月と高飛ぶトンボの小ささの対照がいい。「高し」はトンボの位置で

あるとともに高く澄んだ秋の朝空のさまでもある。すがすがしい句である。

行く水におのが影追ふ蜻蛉かな　千代女

『千代尼句集』所収。

千代女は、加賀国松任の生まれ。父、福増屋六左衛門は表具師であった。十二歳のころから俳諧を学び、支考の教えを受け、その没後は廬元坊の指導を受けた。宝暦四年（一七五四）五十二歳で剃髪、素園と号した。

豊かな水量の門川を、ヤンマが往きつ戻りつして虫を取っている。まるで自分の影を追っているかのようだ、というのである。流れて行く水に影が映っても、一所にとどまらない。その影もまた流れて行くごとくに錯覚されるのである。つまり、トンボの動きにつれて影が走るのだが、その影が流されているように思えるわけである。「影追ふ」にトンボのスピードが活写された。平明なよみぶりながら、トンボの習性を適確に把握している。

軽部烏頭子の

とんぼうや水輪の中に置く水輪　『樝子の花』

は、水面の静かな湖沼などが思われる。トンボの動きそのものを描写しながら、周辺の静けさをとらえている。卵を産むために水面に尻尾をチョンとあてる。小さな水輪が生まれる。その水輪が消えないうちに又水面をたたく。水輪が生じ、先の水輪に重なるように広がって行く。この凝視を学びたい。

静かなる水や蜻蛉の尾に打つも　　太祇

『太祇句選』所収。

太祇は炭氏。江戸の人。俳諧は初め水国に学び水語と号した。のち慶紀逸に学ぶ。寛延元年（一七四八）太祇と改号。同二年仏門に帰依、大徳寺真珠庵に入った。ほどなく妓楼桔梗屋主人呑獅の支援により、遊廓の中に不夜庵を結んだ。

「静かなる水」と、先ず水の有り様を提示する。つまり、流れていない水、池や沼といった場所である。そこにトンボが来て、岸辺近くの水面を、尻尾で叩く。小さな波紋が生じるがすぐ消えてしまい、池の中心まで届かない。何事もないように池水は静まりかえっている。その静けさに興味の中心があるのである。「静かなる水」と、直接には波立たない水面を述べていながら、周囲の無音、静寂さ、さらには池水の柔らかな様子までも表している。「尾に打つも」の表現から硬質な尾を感じ、水面を打つ音が聞こえてくるかのように受けとめられるからである。

同じ静かな池をよんでも高浜年尾の

蜻蛉の浮葉の隙の水を打ち　『年尾句集』

は、水面の様子に目が広がっている。つまり、水面を蓮の若葉がおおっているのである。蜻蛉は繁茂した蓮のわずかな隙を見出して卵を産んでいるというのである。生命力へまで目が届いている。

とんぼうや白雲の飛ぶ空までも　几董

『晋明集五稿』所収。

青空を白雲が流れている。流れているというより飛ぶ早さだ。上空は強い風が吹いているのである。地上は秋のさわやかな気につつまれて身も心も軽く弾んでいる。とんぼうが高く飛んでいるのを心地よく眺めている。眺めながら自分もまた遥かへ旅立ちたくなっているのだ。「空までも」は勿論地上は当然トンボが群れていることを対照に置いている。

あんな高いところにまでも、という表現である。ここに一種のあこがれの気持が籠められているると思われる。自在の飛びぶりに、せせこましい現世を飛び出したい気持に誘われてのことだろう。とんぼも白雲も、とらわれないものの象徴として働いていると私には思える。

正岡子規は

赤トンボ筑波に雲もなかりけり　　『子規句集』

と秋天を活写した。里に降りて来た赤トンボを見とめて、古代よりの歌枕筑波嶺の美形を讃えた。詩眼が澄んでいる。

蜻蛉の来ては蠅とる笠の中　　丈草

『鳥の道』所収。
旅の一コマ。「蠅とる」と具体的に表現されているので、このトンボもヤンマのように大形のものと思われる。
「来ては」の表現に、一度限りではなく幾度となく繰り返す動きがわかる。人をおそれず悠然と笠の中に来てハエを取って行くたくましさ。丈草もこの野趣をよろこび、トンボを歓迎しつつ、旅の道中の一ときを楽しんでいたのである。

五十嵐播水は

野辺送り蜻蛉空にしたがへり　『埠頭』

と田舎の葬式をうたう。稲田の中を粛々と長い葬列が行く。空のトンボがつき従うように飛んで悼み心を表しているかのようだ。

遠山が目玉にうつるとんぼかな　一茶

『八番日記』所収。

大胆な句だ。トンボの目玉に遠くの山が写るということはあり得ないことだが、こう断定されると、あり得ることとして認めてよいという気になる。事実のみをうたうのではなく、事実を越えてあり得る世界を作り上げることも文芸のよろこびの一つである。一茶は故郷の自然を肯定している。

同様に杉田久女は

屋根石に四山濃くすむ蜻蛉かな　　『杉田久女句集』

と日本海側の秋景をよんだ。短い秋はいよいよ澄み徹って、自然を美しく見せる。

こおろぎ

小学校の低学年まで祖母と寝ていた。深秋、虫の音も限られて来、コオロギが一際身近く聞こえるようになると、祖母はその声をどのように聞き取れるか、と問うた。床下で鳴くコオロギに耳を傾けさせ、「肩させ裾させ寒さが来るぞ」と言って鳴いているのだ、といい、人間に寒さの準備をさせているのだとその意味を解説した。言われてよく聞いてみると、なるほどそのように聞き取れた。何となく肩の辺が寒々と感じられ、蒲団に首までもぐりこんだりもした。

平成二年（一九九〇）十月、日独俳句大会がフランクフルトであり、俳人協会代表団の一員として参加したのち、ドイツ、フランスの観光地を巡遊して、藤枝の家に着いたときの第一印象が虫の音であった。「ああ虫が鳴いている、日本だな」という感じで、虫音に迎えられての安らぎがあった。ドイツは草木が多いし、フランスも郊外のゴッホの墓のある近辺には草木が繁っていたが虫音は聞けなかった。知識としては承知していたのだが、体験によって納得したことだった。異国人には雑音としてしか聞かれない虫音が、日本人には心地良い慰安になるのだ。やはり二週間ほど外国を歩いて来た人が、日本に帰り、蟬音を聞くことで安眠出来たと語り、何故朝からうるさいと句によむのでしょう、と笑っていた。テレビなどの機械音は耳を刺すようだが、蟬音は実に心地よく身体に沁み込んだ、とも言った。こうしたことからも身近な自然を大切にしなければならないことがわかる。

さて、江戸時代後半まで、コオロギのことを「きりぎりす」と呼んでいた。「世俗にいふこほろぎ、真のきりぎりすにて、世俗にいふきりぎりすは、誤りいふなり」（『年浪草』）の解説を見てもその混用がわかるであろう。古い時代の句を見るときは注意が必要である。

次の間のその奥の間やきりぎりす　惟然

『染川集』所収。

大きな屋敷と思われる。客人として泊った家での所見と思われる。泊められた部屋は物音一つしない。所在なく居ると、虫の音がしきりに聞こえてくる。しばらく耳を傾けて深まった秋の情趣を楽しんでいる。すると、家の内から一際高くこおろぎの声が聞こえて来た。何処で鳴いているのだろう、虫の音から興味はこおろぎの鳴く場所に移る。次の間ではない。その次の奥の間であろう、と想像している。秋の夜の静寂と、屋敷内の森閑たる様子をとらえた句である。

川端茅舎の

こほろぎに拭きに拭込む板間かな　　『川端茅舎句集』

も旧家のさまである。よく拭き込まれた板間の艶と、こおろぎの漆黒の艶とが匂い合う。

蟋蟀行燈むければ声遠し　　蝶夢

『草根発句集』所収。

「蟋蟀」はこおろぎのことだが、ここはやはりきりぎりすと読んでいる。こおろぎの声が響いている。あまりに近く鳴いているので、行燈の火明りを向けると、はたと鳴き止み、遠くの方で鳴いているのが聞こえているだけである。「行燈むければ」にその時の作者の心の動きが受けとめられる。姿を見たい思いが抑えがたく、行燈を引き寄せ、声の方に向ける。壁の下方までが黄金色の燈明りに浮き上がるのだが、こおろぎの姿は捕えられない。はたと声は止み、遠くで鳴く声だけが聞こえ、しばらくするとまた近くのが鳴き始める。

そうした時の推移までもが想像される。秋の夜長の一興である。

篠原梵は

こほろぎの遠きは風に消えにけむ　『皿』

とよむ。近くのこおろぎの声だけが響いている。重唱ではない。その重ならない声に淋しさを感じている。冬近い時節の荒涼たる景。都会人の愁いも受けとめられる。

きりぎりすまづ冷えそむる膝がしら　二《じ》柳《りゅう》

『春眠集』所収。

二柳は勝見氏。別号、二柳庵。享和三年（一八〇三）三月二十八日没、八十一才。加賀山中の人。蕉門の桃妖に学び、のち希因門。諸国を巡遊、正風復興運動をすすめた。大坂に居住、一大勢力を保った。中興宗匠の称号を得た。

深秋の夜、静かに書見でもしていたのだろう。夜も更けて冷えて来た。端座した膝頭が一番にその冷えを感じ取ったというのである。老齢になると膝を痛める人が多い。作者も肉体の衰えを意識していたに違いない。今年は特に冷え込むのが早いな、と嘆息まじりにつぶやいたことだろう。読書に熱中しているときはこおろぎの声など耳には入らない。書に倦んで集中力に欠けると、こおろぎの声が耳に止まったのだ。そして膝頭の冷えを実感する。やがて身体の芯の冷えを感じ取る。季節感がとらえられた。

角川源義は

風あとの入日つめたしちちろ虫　『ロダンの首』

とよんでいる。野分めく風が収まった夕方、太陽が西に傾くとぐっと冷え込みが感じられる。夕日が染める野辺にちちろ虫がか細く鳴いているのだ。この句にも季節の深まりが感じ取れる。

我が影の壁にしむ夜やきりぎりす　蓼　太

『蓼太句集初編』所収。

前句より更に季節は深い。こおろぎの声も細くなって来ていたろう。「壁にしむ」影とは、壁に黒々と自分の影が映っていることである。黒い影を眺めてますます孤独感が強まる。

この句に

灰汁桶の雫やみけりきりぎりす　凡兆
　あぶらかすりて宵寝する秋　芭蕉

の付合（『猿蓑』）が重ねられた。ここには貧しい農家の夜長の様相が確かに現出している。夜更けまで灯をつけて無為にすごすことはない。農家なら、早朝からの仕事のために早寝するであろう。だから、壁に影を映している人物は、俗界を遁れた風流人士の秋の夜のすごし方なのだろう。この句も読書をして、小休止した折の所見と思われる。

横山白虹の

電話室の壁の奥にてちゝろ鳴く　「自鳴鐘」

は面白い句だ。通話するのを忘れてちちろの鳴き声に耳を傾けていたに違いない。

連れのあるところへ掃くぞきりぎりす　丈草

『そこの花』所収。

丈草は、「着てたてば夜の衾もなかりけり」（『幻の庵』）といった句からもわかるように、貧乏そのもののくらしむきであった。そうした草庵生活を慰めてくれるのが小動物であった。一匹部屋に入って来たこおろぎを見つけ、仲間からはぐれた淋しさを思いやり、連れの居るところへ掃き出してやろう、と呼びかけている。そこに小動物に寄せる丈草のやさしい心情と、独居のさびしさが受け止められる。

『誹諧耳底記』（宝暦年間）によれば、この句によって「きりぎりすの法師」と呼ばれるようになったという。

山口青邨の

わが机古しこほろぎ来て遊ぶ　『花宰相』

にも小動物へのやさしい情が表出している。自然が豊かな時代の心の安らぎが想われる。家の造りまでが洋式となった現代が失ってしまった情景である。

冬

冬の月

月は四季にわたって人の心を騒がせる。春の朧月は人恋しい情をかき立て、夏の月は涼を求める人に明日の暑さを想わせ、名月は月を賞するに最もふさわしい土地への旅を誘う。冬の月は、研ぎ澄ました刃物のように心底を突く。『源氏物語』朝顔の巻に「花紅葉の盛りよりも、冬の夜の澄める月に、雪の光りあひたる空こそ、あやしう、色なきものの、身にしみて、この世のほかのことまで思ひ流され、おもしろさもあはれさも、残らぬ折りなれ、すさまじきためしに言ひ置きけむ人の心浅さよ」とあり、『枕草子』に「すさまじきもの、をうなの化粧、師走の月夜」と出、『徒然草』十九段では「すさまじきものにして見る人もなき月の、寒けく澄める廿日あまりの空こそ、心ぼそきものなれ」と書かれている。人が競って鑑賞の対象にしないだけに、青白く寒々とかかる月の美しさをゆっくり賞でることが出来るというものだ。春・夏・秋の月に古来多くの佳品があり、その情趣に型が出来てしまっている。この型を打破して、後世に遺さんとする意欲をもって句作することも、作家魂として賞讃されようが、至難のことである。それに比べたら類型はあるというものの、冬の月との係わりはまだまだ発掘されるものが多いと思われる。寒さに耐えて見守る忍耐力が要求されるが。しかし、今日のように人工的に寒暖をコントロール出来る環境にあるのだから未だに佳品の少ないのは、俳人の怠慢かもしれない。

この木戸や鎖のさされて冬の月　　其角

『猿蓑』所収。

『去来抄』によれば、この句、初めは「柴戸」とつまって見えた。そこで其角が冬の月、霜の月と下五を置き迷っていることが芭蕉には不思議のことと思われ、「冬の月」として入集させた。その後芭蕉は「柴戸」ではなく、「此の木戸」と認定し、出板した後であっても改めるように指示の手紙を出したという。今日『猿蓑』を見ると、この部分は埋め木をして改めたと思われる跡が認められる。「柴戸」に「冬の月」の取り合わせでは、嵯峨野あたりの草庵によく見られる冬の景だ。しかしこれを「此の木戸」として城門の冬夜の景とすれば、人の見つけぬ冬の夜をとらえた秀逸の句だ、というのである。斧正とはこうありたい、と芭蕉の作家魂にうたれる例の一つである。

大きな城門がぴたりと閉ざされ、人を厳しく拒絶している。その城門の上には冬の月がくっきりと輝き、月光が城門を黒く浮き立たせているのである。峻厳たる威圧感。冬夜の景にこの時代の社会相をえぐり出している。

五百木瓢亭の

寒月もかかりて窓に風すさぶ　『瓢亭句日記』

は、冬帝に支配されてじっと耐えている小さな人間の存在が表出している。

うきて行く雲の寒さや冬の月　園女

『住吉物語』所収。

この「雲」の色は何もふれてはいないが、当然にして「白」であろう。冬の月に照らされて白く浮き出た雲がゆっくり流れて行く、その明らかに見える白雲に一層寒さを感受したのである。月が冴えれば冴えるほど寒さは厳しい。夜分風がなければ放射冷却が強まり朝には厳しい寒さとなる。夜起きて空を仰ぎ、その寒さを諾ったのだ。単に景だけを詠んだ句ながら、明日を思いやる作者の孤心ともいうべき影が添うている。一人居の不安感ともいった心情が感じ取れる。

『万葉集』巻十、冬雑には「さ夜更けば出で来む月を高山の峰の白雲隠しなむかも」が載っている。月にむら雲の思いは秋ばかりのことではないようだ。

日野草城の

冬の月寂寞として高きかな　『花氷』

は、冴えた冬の月の孤高さである。

寒月や喰ひつきさうな鬼瓦　一茶

『七番日記』所収。

発想が大胆で面白い。発想の特異さに学ぶものがある。大きな屋敷の鬼瓦。喰いつきそうな顔で見下している。その威厳ある様相に、大きな屋敷の存在感が象徴されている。この「寒月」は冬の満月ではなく、三日月とか弦を成す月と見る。利鎌のような月がかかり、その月をも喰いつかんばかりの形相で屋根にふんばっている鬼瓦。冬の夜はずんずん冷え込んでくる。村人は囲炉裏を囲んで夜の仕事にいそしんでいたことであろう。

この一茶の句に学んだのであろう、幸田露伴は

風鳴や寒月かじる鬼瓦　『露伴全集』

と、北風吹き荒ぶ夜の厳しさを一茶より一歩踏み込んでよんでいる。

寒の月川風岩をけづるかな　樗良

『樗良発句集』所収。

『夫木和歌集』冬に、「竜田山紅葉や稀れになりぬらん川音しろき冬の夜の月」の歌が載る。紅葉の「紅」と川音の「しろさ」との対照にねらいがあることはすぐわかるが、季節感を確かにとらえている。樗良の句は歌の情趣をさらに深めて、冬夜の冷厳さをつかんでいる。「川風岩をけづる」は激しき吹きぶりとともにその冷たさへの感嘆である。大きな音をたてて吹く北風の感覚。冬は水が涸れて石や岩だらけになる川床の様子が目に浮かべられ、ここを吹きぬけ、吹き上げて行く北風の強さを、「岩をけづる」と表現して成功した。「寒の月」は冷たさの塊のようにも受けとめられる。

永井荷風は

寒月やいよいよ冴えて風の声　『荷風句集』

と音に執着してよんでいる。風の音がいよいよ孤心を凍らせるのだ。

ふゆの月何咄すらん高笑ひ　蓼太

『蓼太句集三編』所収。

芭蕉は「秋深き隣は何をする人ぞ」（『笈日記』）と、秋の夜長の、孤心故の、隣人に移る人なつかしさの思いをよんだが、蓼太は、冬夜の異様な場面への関心を寄せてよんでいる。人々はひっそりと家に籠っている冬の夜、隣家から何を咄しているのだろう、どっと高笑いが上がる。あたりをはばからぬ高笑いは若い人達が集っていることを想像させる。どんなときでも、屈託なく時を楽しめる若者たちへのうらやましさとともに、いささかのやゆの気持が表出している。

中村汀女は

寝ぬる子が青しといひし冬の月　『汀女句集』

とよんでいる。寝付かせている母親が子供に冬の月を気付かせてもらったのである。母子の親和の情景。

軒並みに大根白し冬の月　　蝶夢

『草根発句集』所収。

大根を軒先に吊し寒風に晒す。冬の間の食料にするものである。どの家もずらりと軒に大根が干されている。大根の白さに家が飾られているかのようだ。冬の月光にその白さが一層際立って見える。大根の白さが寒さをより強めるのだ。大根の背景に人々の暮しぶりが透いて見える。田野に点在する農家、いずれもが同じ景であることに興趣を感じての句。澄み切った冬月が浄化したような世界。

横山白虹の

寒月光あまたの軌条地に漂ひ　　「自鳴鐘」

は、都会の夜の静寂境であり、異次元のごとき光景である。

こがらし

凩とも木枯とも書く。晩秋から初冬にかけて吹く強風である。「木の葉を吹き散らす風」とも、「木鳴らし」、また「木嵐」の義という説などがある。

もう二昔程以前、大野林火先生のお伴をして関西を訪ね、その帰途、伊賀上野での会合のため、指定されていた汽車に乗り遅れてしまった。タクシーを駆って汽車の後を追い、笠置越えをした。十月下旬の午後六時近いときであったから、周囲はすでに暗く、一番星も輝き始めていた。見上げると山が迫って狭い空に青さが残り、山上湖の水面を見る思いがした。闇に没する束の間の華やぎの景が強く印象付けられた。このとき林火先生は「こがらしのさきがけの星山に咲く」（『雪華』）の句を得ていた。周囲を闇に沈め狭い青空を残して静まりかえり、わびしさをつのらせていたこの時の山中の雰囲気と、木枯が吹く前の状態という気象の特色までを適確にとらえている。行程を案じるばかりで、句心などとんと忘れていた私には、この体験は貴重なものとなった。平常心を失わなかった詩人魂にいまも敬服している。

　凩の果はありけり海の音　　言水

　『新撰都曲』所収。

　言水は池西氏。別号、紫藤軒。奈良の人。維舟門といわれる。延宝の頃江戸に在住、芭蕉、才麿、幽山らと親交、『江戸新道』『東日記』を出版。のち京都に移り、信徳らと交わり、『京日記』などを出し、元禄俳壇に地歩を固め、俳諧革新に力があった。この句によって「凩の言水」との評判を得た。

　真蹟の前書には「湖上眺望」とあるというから、琵琶湖を詠んだもののようだ。が、そうした事実を越えて、やはり海原のこととして味わいたい。

　荒れるだけ荒れた木枯にも治まるときが来て、うそのように吹き止んだ。すると、いままで聞こえなかった海鳴りがきこえ始めた、というのである。音の交替である。まだ耳に残っている強い木枯の音と、遠くの海鳴りとの対照。静けさが戻り、かえって侘しい気分にとらわれている作者。冷え込んだ空気が身にこたえるのだ。

　山口誓子は、言水の句を意識して

海に出て木枯帰るところなし　『遠星』

とよんだ。吹き荒ぶ木枯のエネルギーも陸という範囲のある所では力以上の強さとなって表れもするが、海原という果てしない所ではその力の強さも吸収されて、空しいものとなる。力のぶっつけ甲斐のないわびしさ、むなしさ。そう受けとめた作者自身が、やりきれなく淋しい空虚な心を抱いているのだ。近代的な深い愁いである。

こがらしに二日の月の吹きちるか　荷《か》兮《けい》

『阿羅野』所収。

荷兮は山本氏。別号、橿木堂など。名古屋の人。医を業とした。初め貞門のち芭蕉門。貞享元年（一六八四）『のざらし紀行』の旅の芭蕉を迎え、歌仙を巻き『冬の日』を編むなど、尾張蕉門の中心者。のち蕉風から遠ざかり、晩年は連歌に転向した。

荷兮もまたこの句の評判の高さから「こがらしの荷兮」と称されたという。「二日月」は細い弦月である。木枯が吹く夕空に、細い二日月が淡々と見える。その強風がいまにも細い月を吹き散らすかのように感じられるのだ。「吹きちるか」に、薄い輝きの繊月の様子と、いまにも消え去ってしまうのではないか、という危うさを感じつつ眺め立つ作者の心情が表れている。この句は「か」の詠嘆で成功しているのだ。この思い入れの表現がよい。『去来抄』には、去来の「こがらしの地まで落さぬしぐれかな」と対比した評論が載っている。「吹きちるかと働きたるあたり」自分の句より数等上だと去来は推賞した。

中川宋淵は

中天に木枯の陽のありにけり　「雲母」

とよんでいる。木枯の吹く中、天の中心に確かな位置を占めて輝く太陽を見出して明るい。冬の太陽の賛歌である。木枯が蕭条たる景にするのが普通なのだが、太陽の日射しのために寒くもならない。その、所を得た重々しい存在感を見て心弾ます作者。

木がらしにいよいよ杉の尖りけり　素《そ》丸《まる》

『素丸発句集』所収。

素丸は溝口氏。別号、絢堂など。江戸の人。幕府に出仕、御書院番を務めた。馬光に師事し、師の前号である素丸を継ぎ、素堂以来の俳系を継承、葛飾蕉門と称した。嵐雪の俳系たる雪門を継いだ蓼太らと提携し、『続五色墨』などを著した。

手入れの行き届いた杉山。直立する幹の色と葉色の青が美しい。木枯にごうごうと音を立てている杉山。強い木枯にもみ上げられて杉の秀がいよいよ尖って行くように感じられたのだ。鋭い感覚である。木枯の吹きぶりも杉の木立の姿もとらえられた。杉が尖って感じられたのは、木枯が雲を吹き払い、空がいっそう青く深く澄んでいたからである。

この句は芭蕉の「木枯に岩吹きとがる杉間かな」（『笈日記』）を意識に置いたものと思われる。木枯の強さを表現する仕方が同じである。

また、素丸には

木がらしの音を着て来る紙子哉　『藪うぐいす』

というユニークな句もある。紙子のごわごわした音を木枯の音に通わせ、友人が寒さを身につけて来たようだと戯れかける作者の笑顔が見えてくる。

大野林火に

こがらしの樫をとらへしひびきかな　『早桃』

がある。昭和二〇年（一九四五）の作である。焼土に立つ樫。木枯に大きな音を立てていても動じる様子はない。打ちのめされた作者の心はこの姿に突き動かされる。強風に抗っている樫の木はいかにも前途を希望あるものとして示しているように思えるのだ。敗戦にもかかわらず、急速の復興はこうした精神に支えられたからに外ならない。林火は自恃の精神で生きた、強い意志力の持主であった。

加藤楸邨も

凩や焦土の金庫吹き鳴らす　『野哭』

とよんだ。これまでの富を象徴する金庫が、これからの生活を暗示している。この句には虚脱感、絶望感が濃い。

暖房で温室のような住居に生活している俳人たちに、こがらしはどのように詠われ、どのように変化して行くのであろうか。ことはこの季語の上ばかりでなく俳句そのものの問題である。

しぐれ

芭蕉は元禄七年（一六九四）十月十二日、難波で客死した。のちにこの忌日を時雨忌と称した。名付けた理由の一つには、陰暦十月を時雨月ということもあろう。『後撰和歌集』「冬歌」の三首目に出る「神無月降りみ降らずみ定めなき時雨ぞ冬の初めなりける」の歌がことに知られ、この歌の「降りみ降らずみ」が時雨の降りざまをいう表現として、後の文学作品にしばしば用いられて来た。だが、命名の積極的意味は、芭蕉の作品によるものといって間違いはない。芭蕉は「しぐれ」の情趣を特別愛好したからである。

世にふるもさらに宗祇のやどり哉　『虚栗』

がある。この句は、宗祇が「世にふるも更に時雨のやどり哉」（『老葉《わくらば》』）と、この世の無常を詠嘆した句を承けてのものであった。つまり、「過ぐる」から出たという時雨に、この世もまた永久に続くものではないとの思いを重ねる、中世以来の詩的伝統をふまえた句

である。これが、貞享四年（一六八七）十月故郷をめざしての旅立ちに際し、

神無月の初、空定めなきけしき、身は風葉の行末なき心地して、

旅人と我名よばれん初しぐれ　『笈の小文』

と詠んだとき、これまでの観念とは違った詩人の眼によってものを見据えようとする覚悟が強く表出した。この句には、「又山茶花を宿〳〵にして」の脇句が添えられている。この「又」は、以前の『野ざらし紀行』の途次巻いた「狂句木枯の身は竹斎に似たるかな」「たそやとばしる笠の山茶花」（『冬の日』）の付合を意識してのものである。この『笈の小文』の旅立ちのための送別会は其角亭において、出発前日の十月十一日にもたれた。そのときの発句であった。旅立ちの日が、七年後の終焉の日と同じであり、絶筆が「旅に病んで夢は枯野をかけ廻《めぐ》る」であることを思うとき、偶然とは思えない不思議さに驚くばかりである。次いで『猿蓑』の題名ともなった

初しぐれ猿も小蓑をほしげ也

となる。この句は「おくのほそ道」の旅の後、伊勢の遷宮を拝み、九月下旬郷里伊賀上野に帰る途中の山中（長野峠か）でよまれた。この句には、しぐれに付帯して来た暗いイメ

ージはない。むしろ「旅人と」の句と同様伝統的美景物の一つの「しぐれ」に身を濡らす心の弾みが主である。

このように、芭蕉によって、しぐれが風流人の詩的素材として、積極的にとり扱われるようになったのである。そうした業績によって後の人々が「しぐれ忌」と名づけたのであり、誠に芭蕉にふさわしい忌日名であった。墓所である大津義仲寺では毎年「しぐれ会」が営まれて来た。一茶が「義仲寺へいそぎ候はつしぐれ」（『しぐれ会』）とよんだのはこの会式のことである。

あら蓑の藁《わら》の青みや初時雨　蓼太

『蓼太句集二篇』所収。

「あら蓑」は新藁で作った蓑。「あら」は「新」であるとともに「荒」の気分がある。新しく、着慣れないためごわごわとしているのだ。

新藁で作られた蓑は、藁の青さが鮮やかで生々しい。しぐれに打たれると、一層青さが際立ち、高く香りもする「青みや」の詠嘆に、時雨一過の引き緊まった冷気が凝縮された。

芭蕉の「初しぐれ猿も小蓑をほしげ也」（『猿蓑』）を意識において、蓼太は蓑そのものを注視し、鮮やかな寒色を見とめ季節感をとらえた。

池内たけしも

初時雨とは聞くからに濡れて見ん　『欅』

と、芭蕉の心の弾みを理解し、自身の風狂心をよんでいる。一昔前、萩市の毛利家菩提寺、東光寺でしぐれに遭った。樹木を渡るしぐれの音に心弾んだ。明るいしぐれであった。しぐれ一過、鮮やかな虹が空を飾った。稀の旅への餞と思われた。

鳶《とび》の羽も刷《かいつくろ》ひぬはつしぐれ　去来

『猿蓑』所収。

「刷ひぬ」は衣などの乱れを正し整えること。いままで晴天をすべるように飛んでいた鳶が、降り来た今年初めてのしぐれに樹頭に羽を収めて羽刷いをしている。その姿は初冬の静寂そのものの景だ。「初」は賞翫の心がある。初桜と初咲き、初茄子など。初もののありがたさ。いま初もののありがたさなど感じることはない。四季を通じて産物が供給されるからで、すべてなれることの恐さである。
さて、この発句に芭蕉は

一ふき風の木の葉しづまる

と脇を添えた。時雨の後のしんと緊まった大気がうかがわれ、これによって冬の様相を示し始めた野の景が完成した。発句と脇句とは「動」による照応である。
飯田蛇笏も

渓の樹のぬれざるはなくしぐれけり　『雪峡』

と、山中のしぐれの降りざまをよんでいる。視点は高所より見下ろしたものである。色付いた木々の葉が一入鮮やかに際立ったことであろう。初冬の一瞬の華やぎである。

すらすらと杉の日おもて行くしぐれ　暁台

『ふたつの文』所収。
暁台は加藤氏。別号暮雨巷。俳諧を美濃風の反喬舎巴雀、夜話亭白尼父子に学ぶ。尾張藩に出仕したが二十八歳致仕、のち名古屋に寓居。横井也有の庇護を受けた。晩年、二条家から召され、中興宗匠の称を得て花の本と号した。蕉風への復帰運動を展開、『去来抄』など俳書を覆刻、芭蕉研究に貢献した。

この句のしぐれは、明るく美しい。手入れの届いた杉山に日が射している。杉山は翳りもせずにしぐれが降り始め、やがてまた日のあたった杉山だけがしんと立っている。しぐれの前と後との杉の緑の対比。雨脚も白く見えるようだ。屏風絵のごとき杉の美林への讃歌。

高野素十の

翠黛《すいたい》の時雨いよいよはなやかに　『雪片』

の句も美しい。この句は虚子の名文「時雨をたづねて」（昭和三年一月号「改造」）が出来た旅に同行してのものである。『平家物語』や謡曲「大原御幸」で有名な寂光院の前面の「翠黛の山」に、日当りながらしぐれが降っていたのを実見したのである。「時雨いよいよ」の畳語に、時雨に遭えた喜びが表れている。しぐれの雨脚にも強弱がある。いまは強い雨脚となって眼前を過ぎて行く。「翠黛」とはみどり色のまゆずみであり、みどりにかすむ山の意でもある。常緑の松のみどりなどが目に浮かぶ。整った山の姿がしぐれに華やぐ様子に見入り、作者の心も昂ぶって行くのである。しぐれがこのように優美なものとしてとらえられたのは、この句が最初であろう。

一瞬を把握出来る詩心の昂ぶりと、詩心を昂ぶらせる機会とは、度々あるものではない。

降る度に月を研ぎ出すしぐれかな　　来山

『津の玉柏』所収。

来山は小西氏。別号十万堂。大坂の人。幼少の頃より宗因門の由平に学び、のちに宗因の直門となった。十八歳で宗匠立机。鬼貫と親交があった。

夜のしぐれのさまである。この月は鎌のような細い月であろう。月が曇ったと見るまにしぐれが降り、止むとみるや再び月が見える。これを幾度となくくり返す。その度に月の光が増すように感じられたのだ。鎌のような形だけに「研ぎ出す」が生きている。そこにまた時間の経過がとらえられてもいる。夜が更けるにつれて月が冴えてくるのである。それをしぐれが研ぎ出して鋭くした、と把握した点には言葉の技巧だけではない、作者の感覚の冴えが受けとめられる。

惟然の

しぐれけり走り入りけり晴れにけり　『惟然坊句集』

も、しぐれの降りざまそのままに、「けり」の脚韻が弾んだリズムをもたらせて面白い。

雪

かつて北海道の人から、どうして内地の人は雪をロマンチックなものとして詠うのだろう。雪は生命を奪う恐ろしいもの、生活上厭うべきものなのに、と雪への甘美な賞讃や憧憬の有り様を質問されたことがあった。一年に一、二度、わずか三十センチほどの積雪にも交通が混乱し、生活上不便を強いられても、雨がぐっと冷えこむと、今夜あたり雪になるのではないかと期待し、ちらちら降り始めるとその降りざまを眺めて心を弾ませ、翌朝その雪を固めてダルマを作ったり、休校を期待していたりした私には、実感を伴わぬ話であった。鈴木牧之の『北越雪譜』に収載された雪のおそろしさは、知識として理解出来ても、体験のない浅い享受でしかない。やはり体験の伴わない、あるいは習慣の積み重ねのない知識の弱さというものはまだまだ多くある。いわゆるカルチャーショックである。話題を広げていえば、国際化の中での異文化接触もこうした経験を重ねることになるのであろう。

雪は〈やすくきゆる〉から生じた語という。異名には、六花、不香花、銀花などがある。

是がまあつひの栖か雪五尺　一茶

『七番日記』所収。

文化九年、長い放浪生活をきりあげ、故郷柏原に帰住することを決意した折の感懐である。柏原は有数の豪雪の地。半年は雪の中、いま五尺（一五〇センチ程）の雪に埋もれた小さな家を眼前にして、ここに生涯居住するにしては、あまりにも厳しい環境を今更のごとく実感したのである。漂泊三十六年の心楽しまぬ生活を送った者として、それでも故郷は安息を与えてくれるであろう所と期待し、ここを安寧の場所たらしめようと覚悟を決めたに相違ない。環境が厳しければ厳しいほど、楽園作りのための意欲が燃える。その強さがこれまでの一茶を支えて来たのだ。実感の吐露だけに、そこにどしりと据わった胸中の有り様が見てとれる。ありのままを認め、ここを踏石として自己の存在を確かなものにしようとする不屈の闘志がここにはある。

同じく科野に住んだ栗生純夫は

雪五尺支ふる梁に鮭片身　「科野」

と、一茶の句を意識に置き、豪雪に耐えて生きる人々の暮しぶりをみつめた。「しんしんと柱が細る深雪かな」（『山帰来』）ともよむ。こうした厳しい環境が人心の耐える強さを鍛えるのだ。

さくさくと藁喰ふ馬や夜の雪　　大江丸

『俳懺悔』所収。

大江丸は安井氏。通称大和屋善兵衛。文化二年（一八〇五）三月十八日没。八十四歳。三度飛脚の問屋で三都随一といわれた。十代で淡々に学び、のち蓼太門となる。遊俳の代表的人物。富を支えに幅広い交友があり、文人として重きをなした。

雪の夜のしずけさである。曲家のごとく人馬同居の農家の様子と想われる。囲炉裏の火にあたたまり団らんのとき、近くの馬屋からは、さきほどから藁を食べるさくさくという音が聞こえている。その音に馬の健康状態を認めてもいるのだ。豪雪に囲まれた生活のなごやかさ、あたたかさを受けとめ、他所者の作者は不思議なものを眺めるように驚きの目を注いでいる。

山口誓子は

雪ゆふべ手摑み洗ふ馬の蹄　　『激浪』

と、労働をおえた人と馬の和やかに睦む景をとらえている。

蠟燭《ろうそく》のうすき匂ひや窓の雪　　惟然

『藤の実』所収。

まだ夜更けぬ家の内のさま。ローソクの明りで書見でもしているのであろう、ローソクの匂いがかすかに漂ってくる。書物より目を離すと、窓の障子に降る雪の影が動いている。雪明りに浮き上がる窓辺。雪が音を消し、空気を浄化し清澄な風がかすかに流れてくる。それ故、ローソクの匂いが感受されたのである。かくあたりまえに解釈はしたものの、「窓の雪」の表現に、当然「蛍雪の功」の熟語が思いうかべられ、古人は「蛍の光」と「窓の雪」で修学したのだが、私はローソクをつけ、窓の雪の明るさに書見をしていると楽しんでもいるようだ。

飯田蛇笏は

降る雪や玉のごとくにランプ拭く　『雪峡』

と、生活上の必需品を大事に扱う動作をよんだ。

雪やつむ障子の紙の音更けぬ　太祇

『太祇句選』所収。

この句も書見でもして夜更しをした折のものであろう。「音更けぬ」と、明り窓の障子の和紙に当る風の音の強弱によって、時間の経過を見て取っている。その風の音と、冷気の強さとを感じて、「雪やつむ」と、外部の、積雪の状態に心を傾けたのだ。しかし、それだからといっていま佳境にある書物を読みさして、窓を開けに立つ気にはならない。むしろ想像によって景を楽しみつつ、読書に没頭しているのだ。雪の夜は精神が落ち着き、ものごとに集中出来るものである。

篠田悌二郎は

更けし灯に睫毛影なす雪の声　『野火』

と、吹雪の夜の家族の一情景をとらえた。

応々といへど敲《たた》くや雪の門　去来

『句兄弟』所収。

深雪の市井の一光景。内と外との人物の動作が浮び上がる。雪中のこと、客は一刻も早く門を開けてもらいたくてどんどんとたたく。内ではこれに応えて行動しているのだが、客の門をたたく音は止まない。門構えの大きい、屋敷の広いさまが想われる。内の対応の遅さにじれた訪問客の様子が見える。この句、雪の降り止んだ後の情景ともとれるが、かなりの積雪があり、さらに降りしきる光景ととった方が、切迫した気分に適うように思われる。

『去来抄』に収載されており、同門間で好評であり、去来自身も得意の句であったということがわかる。また、初めの句形は

たたかれてあくるましれや雪の門
あくる間を扣きつゞけや雪の門

であった。これは訪問客の心理、動作を叙しただけであるが、改案では客、主人の対応が活々と浮び上り、雪中の景が活写された。

大谷句仏の

灯し時またで鎖しぬ雪の門　『我は我』

は雪中の籠居のさまである。

下京や雪積む上の夜の雨　凡兆

『猿蓑』所収。

『去来抄』によれば、凡兆は中七・下五が出来、上五がどうしても置けなかった。芭蕉は思案のすえ、「下京や」と治定させたが、凡兆は納得しかねる顔付きだったので、芭蕉はこれ以上の上五があったら二度と俳諧を口にしない、と強い自信を示したという。客観描写を得手とした凡兆は、直ちに句とならず、人の手を借り、しかも取り合わせによって句の成ったことが不満だったのであろう。詩的真実を重んじ、季語の変換や、事実に反してまでも一句を完成させた芭蕉の作句態度が凡兆には理解出来なかったのであろう。

「下京」は京都市中央部、四条通り以南八条通まで、大部分が商業地区で人口密度が高い。庶民的であたたかくなつかしい所である。

この句、私には厳冬ではなく、春近い頃と思われる。「雪積む上の夜の雨」には寒気の強さは稀薄で、春が近づいており、どこかあたたかで、生めいた感じを受ける。それだからこそ人口密度が高い、下町の人肌の温もりがふさわしい。この気分を見据えた芭蕉が、究極の地名を探り出し、詩的世界を完成させたのである。いってみれば師弟合作の句である。プライド高い凡兆はそのことも気に入らなかったようだ。

高浜年尾は

凍て雪に柔く雪来りけり　『年尾句集』

とよむ。固くしまった雪の上の新雪。新雪は下の凍雪の固さを得てその柔らかさを誇れるのだ。このやさしい詩情がいい。

榾《ほだ》

南アルプスを熟知している人の案内で十月下旬二軒小屋に泊った。広いフロアーに大きな炉があり、太い榾が組み重ねられ燃えていた。くすぶった木の匂いが、二階まで吹きぬけとなった建物に満ちていた。炉を囲んだ人々の顔は、火明りでてらてらと輝き、火を見つめる表情は静かであった。戸外にはダケカンバが月明りに浮き上り、その背後の景を二千四百米の高地の深い闇が飲みこんでいた。

翌朝、カラ松林の中の、黄金色に染まった径を登った。さらさらと黄金の葉が絶えず降った。白秋の詩を口に出して楽しんだ。仕事に追われて疲弊した心を清冷な大気の中に解き放した。山人は南アルプスの名を教えながら、一週間もすれば雪が来ます、といった。

榾を『滑稽雑談』は「和訓義解に云、ほたは火たもつの略なり。寒国往々にこれを用ふ。四時不断にして、その火、先祖より子孫に相継ぐなど俗にいふ。しかれども、そのもつぱら用ふるところ、寒を禦ぐの具なり」と説明している。

親と子の浮世を語る榾の影　暁台

『暮雨巷句集』所収。

大炉を前にして老親とその息子が対座している。榾火の明りが二人を浮き上がらせ、背後の壁にその影が大きくゆらめく。「浮世」とはこの世の中、人生の意だが、いろごのみ、好色の意もあるので、堅苦しい話ではなく、浮いた話も交えての寛いだものではなかったろうか。深刻な雰囲気がないのは「浮世」の語の明るさによる。「世間」では、和やかなくつろぎの様相は表出しなかった。

飯田蛇笏の

蕎麦をうつ母に明うす榾火かな　『山廬集』

は夕餉の仕度をする母の姿をとらえた。炉火明りに浮き上る、手馴れた母の動作に、家族の期待を持った視線が集まるのである。

『山廬集』ではこの句に次いで「雞とめに夕日にいでつ榾の酔」が出ている。ともに厳冬の山家の夕べ、の情景である。

大津絵の鬼もよごれつ榾明り　闌更

『三傑集』所収。

「大津絵」は、元禄のころ、大津の追分、三井寺辺で売出した粗画である。初めは仏画中心だったが、のち戯画となり、鬼念仏、藤娘などを画材とした。今も売られているが、明治に復活したものという。

街道の土産に売られた大津絵が壁にかけられてある。榾の火明りに、うすよごれた絵の鬼の姿が照らされている。戯画化された鬼の表情がおかしくもあり哀れでもある。「鬼もよごれつ」に時の経過を示し、部屋内の古色蒼然とした様子も浮き上らせた。片田舎の旅籠屋であろう。

加藤楸邨の

黙々と榾火明りに物食ふ顔　「寒雷」

も、素朴でたくましい山人の風貌が捉えられた。食べることで一日の労働の疲れが癒され、明日の活力の源ともなるのだ。

老僧の膝ぶし細し榾の影　　蝶夢

『草根発句集』所収。

端座した老僧の膝頭が細々と榾火に浮き上る。「膝ぶし」としかうたわれていないが、鶴のように痩せた老僧の姿態が想像される。炉辺に坐し泰然とした様相に、悟達の威厳も受けとめられる。

村上鬼城も

老ぼけて目も鼻もなし榾の主　　『定本鬼城句集』

とよんでいる。日がな榾火の前にどっかと坐って動かぬ、呆けた老人の姿である。しかし老ぼけた姿は、これまで家族を支えて来た果ての、いってみれば、大役を下りた後の、心をわずらわすもののない太平さに居る姿でもあるのである。

おとろへや榾折りかねる膝頭　　一茶

『一茶句集』所収。

いつも膝頭で折っていた木が、あるとき折れなくなったことで身の衰えを感じ取ったのである。これまでは力自慢でさえあったのだ。難なく折れた木が容易に折れないことへの驚きと淋しさ。芭蕉はすでに「衰ひや歯に喰あてし海苔の砂」(『をのが光』)とよんでいる。小さな砂粒を噛んだことで肉体の老化を実感したのである。芭蕉の句を都会ぶりといえるなら、一茶の力は田舎そのものである。肉体そのものが生活に大きな位置を占めているからだ。力の衰えは現役引退の信号なのである。このさびしさ、かなしさは切なく、都会生活者の老の意識の悲哀といったものの比ではないだろう。

富安風生は

空谷に榾折る音を起しけり　『晩涼』

と木を折る、生々とした響きをとらえた。若く力溢るる者の労働の音が、空谷を生命あるものとしたのである。

榾の火に親子足さす侘びねかな　去来

『曠野』所収。

今でも雪国では、こたつにふとんを寄せて敷き寝る。雪の木曽福島の宿でこれを体験したことがある。四人で四方からこたつに足を入れるようにして寝た。

この句も炉の榾火に足をさし出し暖をとって寝ているのである。「侘びね」とは淋しくねるということだが、この表現にこの家の有り様が浮き上る。ござを敷いた板の間に、せんべいぶとんを敷き、薄い掛けぶとんをかけてねているのだ。貧寒たる山村の生活ぶりである。そうした情況にあっても、親子が和やかに暮している様子が想像される。温かな情が流れている句だ。

山口草堂も

籠りゐても背にそふ風よ生木榾　「南風」

と山家の様子をよんでいる。炉を頼りに冬籠りをしている。古びた家屋は何処にも隙間があり、冷風が吹きこんで来る。榾も生木のため勢いよく燃えずくすぶっている。閑居であっても世間の厳しい情況からのがれることは出来ない。背後にいつもそのことを意識させられているのである。

榾の火やあかつき方の五六尺　　　丈草

『炭俵』所収。

活力、躍動感の表出した句である。夜中はさほどでなかった榾の火勢が、暁方には五、六尺の高さに達するほどとなったというのである。二米程にも火が上る炉であるから、相当の大炉であり、家構えも合掌造りのごとく天井が高くなければならない。山里の庄屋といった大きな家が想像される。また、五六尺は実際の榾火の高さというより、火勢の強さ、めらめらと動く炎の様子を受けとめた表現と思われる。

力強い火の様子に、早朝の冷気が背後に感じられる。

高浜虚子の

榾の火の大旆のごとはためきぬ　　『虚子全集』

も力強い。「旆《はい》」は大将の樹てる旗をいう。高くもえ上り、炎がゆらめく。その様子を美しい大将の旗と見た目は鋭い。

塩売の赤手さし出すほだ火かな　　梅室

『梅室家集』所収。

久方ぶりに来たなじみの塩売りを炉に招き入れる。雪風にさらされた赤い手を榾火にさし出し、ようやく口が軽くなる塩売り。山家の生活の一コマがとらえられた。商人も知人の一人として各家に深くかかわっているのである。物語性の濃い句。

冬籠り

「冬籠り」という言葉も、科学の進んだ今日では死語に近いかもしれない。夏は冷房、冬は暖房と自然環境を大きく狂わせる環境の中に住み慣れてしまったわれわれは、季節感が失くなったと歎く資格などない。厳しい冬でも炭火で暖をとって春の到来を願った昔の話など、今の若者には聞く耳がない。しかし本当は暑い時は出来る限り涼しい所に居、冬には暖かくしてエネルギーの消耗を防ぐことは大事なことである。働きすぎといわれる日本人全体が、避暑や避寒のための休暇を要求するべきではなかろうか。これも一つの健康管理のためである。

林火先生は暑さには平気だったが、寒さには弱かった。冬になると冬籠りと公言して遠出の約束はされなかった。家居のつれづれに、春になったら何処の桜を見たい、あそこの祭りを見るのだ、と計画を楽しまれ、冬籠りの間にと、読むべき本を買い、机の横に積み重ねられていた。私は夏も冬も好きではない。出来るだけ家に居て好きな本を読んでいたいのだが、そんな自由が許されない現在の状況が嘆かわしい。

古くは「冬籠り」は草木の雪に埋れた状態を言うものであった。紀貫之が「雪降れば冬こもりせる草も木も春に知られぬ花ぞ咲きける」（『古今和歌集』）と詠じ、連歌書（『宗祇袖下』）に「冬ごもりとは、草木の雪に埋もれたるなり」の指導言がある。これを俳諧も承けて、人の家に籠ることにまで広げて使うようになったのである。『改正月令博物筌』に「冬は草木ともに花葉落ちて、精気地中にこもる。これを冬ごもりといふ。一説に冬になれば家の内にこもりゐることをもいふなり」と書かれている。或る年の初冬、観光客のほとんど居ない吉野を訪ねた。桜落葉の音を楽しみ、山の静寂を味わい、花の盛りだけを追い求めるのではなく、冬枯れの寂しさを知り、春の花の華麗さを見るべきだと思った。冬の間に精気を貯めてこそ春の活気が発現するものなのだと理解した。

苦にならぬ借銭負うて冬籠り　蕪村

『落日庵句集』所収。

蕪村の生活は決して楽ではなかったようだ。別に「売喰ひの調度のこりて冬籠り」（『新五子稿』）の作もある。これは他人の事をよんだものではなかろう。蕪村の真実の声だったと思われる。一人娘を嫁がせるために門人たちが相談して絵を売ってもいる。しかし「苦にならぬ借銭」の表現がいい。「苦にならぬ」のは借銭を気にしないことであり、借銭の量が少ないことでもあろう。さほど気にならぬ程度の金額なのだ。今年もなんとか暮らせた。多少の借金はあるがさほど気にしたものでもない。寒い間ゆったりと冬籠りをしよう、と心を据えている。

西鶴は、死に一倍の借金をする不孝者の息子のことを書いている。病気の親が死んだら倍にして返すからと借金する。だがなかなか死なぬので困った息子は、薬を飲ませるふりをして毒を口にふくみ親に与えようとする。だがあやまって毒を飲み込み自分が死んでしまう。財産があれば、これをあてにするのは当然であろう。財産をめぐるトラブルは今も多い。まさに美田を残さずが得策である。

人誹《そし》る会が立つなり冬籠り　一茶

『文政句帖』所収。

柏原の冬は厳しい。

是がまあつひの栖か雪五尺　『七番日記』
雪ちるやおどけも言へぬ信濃空　『八番日記』
宵過ぎや柱みりみり寒が入る　『九番日記』

などと句によまれている。「雪五尺」も積もる柏原の冬。人々は嫌でも家に籠らねばならない。炉端や炬燵など火のある所、人々は寄り集まる。集まれば当然村人たちの噂話となり、その場に居ない者が話の槍先の的になる。「人誹る会」がこの雰囲気をいいとめている。他人ごとのようによんではいても、「古郷やよるも障るも茨の花」（『七番日記』）とよんだように、村の中に無理にわりこんだ一茶に対しての、人々の冷たい眼はいつも意識していたことであろう。だからこの「人」も自分のことに違いない。村人たちの陰湿な性情を皮肉っている。

志田素琴は

冬籠家人の警句耳に立つ　『山萩』

と冬籠りのつれづれに、家人の言った警句が皮肉に聞える心おだやかではいられない、いらつく気持をよんでいる。素琴は俳諧研究家であった義秀である。「東炎」を主宰した。

冬ごもり籠り兼ねたる日ぞ多き　白雄

『白雄句集』所収。

冬籠りと決めたものの、俗事がそれを許さず、しばしば外出しなければならない。「日ぞ多き」に「冬籠り」を通せぬ嘆き、迷惑顔が表出した。冬籠りの家居でつれづれをかこつより、寒さに抗して仕事に熱中していた方が若いときは健康によいことであろう。

芝不器男は

冬ごもり未だにわれぬ松の瘤《こぶ》　『不器男句集』

とよむ。大きな松の瘤。薪にするべく割ろうと連日試みるのだが、なかなか割れないのだ。したたかな松の素性に厳しい冬が実感されたのである。

冬ごもり何所から風の来る事ぞ　蓼太

『蓼太句集三編』所収。

冬の寒さへの慨嘆である。炭火を身近くに置いてじっとしていてもしんしんと冷える。

目貼りはしてあっても何処からともなく隙間風が吹き通ってくる。「何所から風の来る事ぞ」にはあきれ顔に嘆きの吐息をつく作者が見える。一昔前の家屋は何所でもそうだった。アルミサッシがぴたりと風を断つ、現代の家から隙間風の語を追いやった。

寺田寅彦は

人間の海鼠となりて冬籠り　『寺田寅彦全集』

とよむ。何事をするにもめんどうくさく、家の中で出来るだけ動かないように暮らしている冬の日々の様子である。

横つらの墨も拭はず冬ごもり　大魯《たいろ》

『蘆陰句選』所収。

大魯は今田氏。のち吉分氏。別号、蘆陰《ろいん》者。安永七年（一七七八）十一月十三日没。五十歳か。阿波徳島藩士。のち致仕。蕪村に師事。几董と安政二年、『明烏』巻頭の両吟を興行。

「横つら」の無造作な表現に、体裁も気にしない人の風貌が見える。隠居とて俗事にわずらわされることなく、冬籠りの間、気ままに書を楽しんでいる。自画像とも思えるが、他者を訪ねての所見ともとれる。顔に墨がついたこともかまわぬ人のことだ、身辺もまた乱雑な様子が想像出来る。

雑草園主の山口青邨は

読みちらし書きちらしつつ冬籠　『花宰相』

とよんでいる。誠に悠遊の晩年の生活ぶりである。

金屏の松の古さよ冬籠　芭蕉

『炭俵』所収。

金屏に描かれた松は狩野派の筆になるものであろう。屏風にどっしり位置を占めて、幹のたくましい古松が大きく枝を展げ、青々と葉を茂らせていたであろう。この「金屏風」だけで、立派な奥座敷の様子が想像出来る。部屋には物音が及ばない。外光に明るい金屏風の前に端座した主人の、泰然とした風格が浮かぶ。この品格に応じられるのは、松本たかしの著名な夢に舞ふ能美しや冬籠　『石魂』

の句くらいであろう。名人といわれた長《ながし》を父に持ったが、病のため能役者を断念、俳句で名をあげた人である。それだけに夢の中の能は美しくも悲しい。この気品ある冬籠りは世俗を超越しており、羨しい限りだ。

こたつ

エアコンの温風には馴染めない。温風の中に涼風が混じっているようで、風邪気味のときなど、首筋がぞくっとして更に風邪が深まる感じがする。冬はやはり炬燵がいい。置炬燵ではなく、掘炬燵が落ち着く。現代のようにすべて電気というのは味気ない。身体の芯まで温まらない感じである。出来れば炭火を使いたいのだが、これは経済的に無理だと諦め、仕方なく電気を使っている。茅ヶ崎の家でも藤枝の家でも掘炬燵を作った。冬季はここに入って、読みたい本を身近に積んで、あれこれ虫喰いのように読み散らすのが楽しみの一つとなっている。しかし一番いけないのは、炬燵に入ってしまうと立居振舞がおっくうになり、動きたくなくなることだ。普段さえ運動不足なのだから身体の上にいいことはない。また、物を取るにも声をあげて家内を動かすから、嫌われるのは必定である。まさにわかっていても止められぬで、今年も同様のパターンに入った。すでに身辺は乱れ始めている。

江戸時代には、「炬燵明け」といい、十月亥の日に炬燵を開け、愛宕の神を祭ったという。炬燵を切るのに亥の日を用いたのは、火災を除くとの言い伝えがあったことによる。また、愛宕の神を祭るのは、山頂に愛宕山神社があり、雷神を祀り、防火の守護神だったからである。

住みつかぬ旅の心や置火燵　　芭蕉

『勧進帳』所収。

「いね〳〵と人にいはれても、猶喰あらす旅のやどり、どこやら寒き居心を侘て」との前書がある。「いね〳〵と」は路通の「いね〳〵と人にいはれつ年の暮」（『猿蓑』）を踏まえたものである。

芭蕉の本心であったろう。一所不住の観念は身についており不満はないが、どんなに親切にされても、旅に居る心地には変らない。他人の家で遠慮がいらぬことはない。何処かに気を張って居なければならない。自分の家のようには真底寛げない精神状態は、置場所を自由に移動出来る便利なものではあるが、不安定な様相を持つ置火燵の存在に適う。置火燵は芯から暖まらない。何処か冷たい感じがある。旅の趣を言い止めた句。『猿蓑』に

は上五「落つかぬ」とある。この方が自然であろう。『猿蓑』には、芭蕉のこの句に次いで、其角の

寝ごころや火燵蒲団のさめぬ内

が載っている。炬燵で温めた蒲団がさめぬうちに寝てしまおう、というのである。唯一の暖房であった炬燵に、寝るときまで暖をとった様子がよくうかがわれる。桃隣は「一曲有ながら俗情の句」(『粟津原』)と評している。事実そのままで飛躍のないことを批判したものであろう。

戦後しばらくは暖房は炬燵が主だった。炭火を入れた置炬燵を蒲団に入れて暖めて寝たりもした。数年前、木曾福島の旅館で、炬燵を中心に蒲団を敷き、そこに足を入れるようにして四人で寝たことがあった。雪国ではこうして暖を取るものなのか、と驚いた。

俤《おもかげ》や火燵の際の此のはしら　杉風

『裸麦』所収。「芭蕉庵の三廻忌」と前書。

「俤や」の詠嘆は、前書を承けることで、亡き師芭蕉の姿を目に浮かべてのものである

ことがわかる。芭蕉が元禄元年（一六八八）、旅より「芭蕉庵」に帰り、「冬籠りまたよりそはん此柱」（『曠野』）とよんだことを意識に置き、これと唱和する心で句作し、追悼としたものである。老杉風の心底に生き続ける芭蕉の姿である。

かつて師がつれづれや句案に倦きたときなど、柱に寄りかかって疲れを癒やした姿をしばしば見ていた。杉風は芭蕉庵に入り、主を失った柱に、淡々と射す日差しを眺め、人の居ない冷たい空気と、庵の空虚さとを実感し、愁いにとらわれる。師の姿はないが、杉風の目底には、ここで交した芭蕉との会話や、句を案じて動かぬ芭蕉の姿の数々が、鮮明に収められている。初期から芭蕉を支え、芭蕉から「杉風は東三十三国の俳諧奉行」といわせたほど信頼篤かった杉風の、常に変ることがなかった、師を思う熱い心情が表出している。

中野三允の

枯野見の友を待ちわぶ火燵かな　『改造文学全集』

は詩友の訪問を待ちわびる一人の心寒さである。

影法師横になりたる火燵かな　　丈草

『丈草発句集』所収。

丈草は大津、龍《たつ》ヶ岡《おか》に「仏幻庵」を結んで住んだ。「守りゐる火燵を庵の本尊哉」（『丈草発句集』）ともよんでいるように、冬は火燵を仏様のように大事に取り扱っていると、火燵を頼った生活ぶりをユーモアによんでいるなど、火燵を題材にした句は比較的多い。

火燵に入っているうちに疲れ、横になる。見ると自分の影法師も横になっていた、というのである。自分に添う影法師さえ、なつかしいものに感じている、独居の丈草の淋しさ、侘しい冬ごもりの生活ぶりが見える。「山住み」は平安朝末期から文人たちの憧れの生活であった。西行もまたその「山住み」をした一人である。だが、「寂しさに耐へたる人の又もあれな庵並べん冬の山里」（『山家集』）とよんでいる。修行のさまたげになるから一人住みがいいと多くの出家たちは言った。しかし冬の山住みは淋しくて耐えられない。共に庵を並べたい、と孤独ぶりを吐露している。丈草ももとより覚悟はしている。しかし淋しさは想像以上だったようで、「草庵の火燵の下や古狸」（『丈草発句集』）と動物にも優しい心を寄せている。

虚子は

炬燵より背低き老となられけり　『六百五十句』

とよむ。老いて小さくなった偉人の姿である。背を丸めて寒さに耐えている様子が見える。ここにも老の孤愁がある。

淀舟やこたつの下の水の音　太祇

『太祇句選』所収。

「淀舟」は淀川を通う舟。淀川は琵琶湖から流れ出る瀬田川（中流は宇治川）と、京都盆地に流入する桂川、木津川の合流点から下流をいう。流程七九キロほど。伏見、大坂間の水運が盛んで、二〇—二〇〇石までの過書船《かしょぶね》が往来した。

夜舟の様子であろう。こたつにあたり暖を取るのだが、川風が冷たくなかなか温まらない。まして常にこたつの下の方から舟底を打つ水の音が聞こえてくる。その水の音が寒さを一層つのらせるのだ。こたつに身を縮ませている姿が見える。冬の夜の侘しい舟便の様子が表出した。

づぶ濡れの大名を見る巨燵かな　　一茶

『八番日記』所収。

北国街道ではしばしばこうした景が見られたであろう。直接、おおっぴらに見たわけではないだろうが、障子の間から大名行列の様子を見たに違いない。すべての者たちが冬の冷雨に濡れて行く。自分は室内で炬燵にあたりながら、この時ばかりはただの人間で良かったと、よろこびの声をあげている。弱者の強者に対する優越感。つまらぬところでしか溜飲を下げられなかった庶民たちの生活心情が表れている。ここに武士への批判精神があるとは思われないが、一時の勝者の気分は確かにある。

正岡子規も

火燵から見ゆるや橋の人通り　　『子規句集』

と、寒い日の外の様子を眺めては、つれづれを慰めている。

落葉

大学院に在籍していたときのこと、富山大学で俳文学会が開かれ、発表の任も果たし寛いでいる所へ、卒業以来会っていなかった同級生がひょっこり現われた。お前が発表するということを新聞で知ったから会いに来た。今日は是非家に泊まれと強くすすめられた。わざわざ訪ねて来てくれたことがうれしく、宿をキャンセルして従った。友の家は高岡の旧家であった。土地の名物だから、と出された鱒の押し鮨の淡い紅が灯に映えて美しかった。友の母が、笑みを湛えて話す方言が殊の外優しく響いた。十畳の部屋に一人寝かされ、広すぎてなかなか寝に付けなかった。屋敷内はすでに物音一つしない。部屋の隅々の暗さから外の闇の厚さを想いやった。夜半、急に雨が降り出したかと思うほどぱらぱらと雨戸を打つ音がした。やがて、乾いた音であり、木の葉の立てる音であることを知った。立派な屋敷木が家を囲っていたのを思い出した。部屋の近くにも大きな木が立っているに違いないと想った。しきりに木の葉の散る音がした。このとき「落葉しぐれ」の季語を浮かべていた。他郷で聞く落葉の音は妙に心をしんとさせた。『芭蕉句集』を拾い読みするうちに寝落ちた。翌朝は輝かしい空の青さであった。友の母は大きな門まで送りに出て、丁寧にお辞儀をして送ってくれた。私の姿が見えるまでそこに立っていた。今となれば、この時の句を残せなかったことが惜しまれる。

夜すがらや落葉の音にそふこころ　鳳《ほう》朗《ろう》

『鳳朗発句集』所収。

鳳朗は田川氏。別号に鶯笠、芭蕉堂など。熊本の人。初め綺石に学び、江戸に出て道彦についた。梅室、蒼虬とともに天保の三宗匠と呼称された。

夜半風が出たことを知る。風の吹く毎に木の葉が乾いた音をたてて散る。ある時は雨戸を打ち、土をころがる音もする。一度目覚めてこの音を聞いているうちに、すっかり睡気が遠のいてしまったのである。ねむれぬまま床に身を横たえ、落葉の音に耳を預けつつ、季節の深まりに、己が来し方行く末を想いやる。音が心を掻き立て、思いはますます己れの心奥へ沈んで行く。静けさ、淋しさ。深まりゆく季節の感懐。

安住敦の

夜の落葉降るしづけさに眠るべし　「春燈」

は、己れに言い聞かせた言葉である。煩わしい問題は今は忘れて、落葉の音の静けさの中に睡って精神を休めよう、と思いつつ、一事の網にかかって離れられないのである。なかなか睡れそうにない心の状態が受けとめられる。

貝むきが手もとまぎるる落葉かな　成美

『成美家集』所収。

小さな漁村。葉を落とす木の下で、老婆たちが貝むきに精を出している。精を出しているのは仲間との雑談かもしれぬ。折々笑いながら言葉を交わしているが、手だけは機械的に動いて、貝をむいては空になった殻を抛っている。そこへ木の葉が散り込む。見ていると、木の葉の降りざまに貝むきの手元が狂うのではないかと思われるほどである。しかし、手馴れた老人達の手先の動きは止むことがない。

一心に貝を剝く手の動きと、木の葉の散りかかる動きとの対応。鄙びた漁村の落葉を詠んで珍しい句。純朴な人々の、季節の推移に拘わらず生きる姿が活写された。

高浜年尾は

すさまじき落葉に上げし面かな　『年尾句集』

とよんでいる。それまで気にも止めるふうでもなかった人が、あまりの木の葉の降りざまに顔を上げた。一抹の不安を浮かべた顔付きが見える。心理の動きがいいとめられた。

雲おかぬ高根もみえて落葉かな　大江丸

『はいかい袋』所収。

「高根」は「高嶺」であり、高い峯、高い山の頂きを言う。屋敷の高木が、いましきりに木の葉を落としている。木の周囲には落葉がこんもりと積もってもいる。空は高く青く澄み、遠くの高い峰が山脈を抽いて聳えている。高嶺の蒼さ、空の紺青。前景に木の葉の散る動き。木の葉の落ちる翳にも揺るがぬ遠景の高嶺の姿。遠近の対照とともに、静と動との対応もこの景を引き緊めている。

橋本鶏二は

さだかなる遠嶺の高さ落葉踏む　『年輪』

とよんでいる。木々が落葉し尽し、裸木となって遠景が透いて見える。遠くの山の稜線がはっきりと空を区切っている。空気は澄み切って冷え冷えとしている。落葉の音も冷たく響く。山住みの人の、深まる季節の実感。

参銭の音まれまれに落葉かな　支考

『草刈笛』所収。

支考は各務氏。別号、東華坊、野盤子など。変名に蓮二房、渡部ノ狂。美濃の人。九歳のころ臨済宗妙心寺派の道場大智寺の雛僧となった。十九歳下山。元禄三年（一六九〇）芭蕉門に入る。のち各地を遊歴、多くの著述をあらわし勢力を拡張。芭蕉没後、美濃派を樹立し、全国的に蕉風を普及させた。低俗な風はのち蕪村より「支麦の徒」と軽んじられた。蕉門きっての理論家で体系的な俳論書を多く著したり、仮名詩を創始した。正徳元年（一七一一）自ら終焉の記を作り郷里に隠れ、変名を用いて、自己を誇示した。

「まれまれに」の表現は上下に掛かっているものと受けとめられる。つまり、参銭の音が稀にするのであり、まれまれに木の葉が散るのである。

人の訪れは稀の寺。しかし村人の尊崇は篤い。ここもまた高い場所にあり、見上げるような石の階段がある所に違いない。それでも折々老人たちはこれを登る。心の拠り所になっている場所だからである。境内の大樹の葉が色づき、はや葉がちらちら散り始めている。たまに老人が訪ねて来て、御堂の鈴が鳴り、賽銭箱に小銭の落ちる音がする。その音によって寺域がしばし活気づくのである。人温を伝える賽銭の音と、乾いた落葉の音の対照が、この句の焦点である。境内の銀杏の黄葉の輝きや、もみじの木の紅のつやが見えるのは「まれまれ」の表現の働きであろう。冬へ傾く季節の明るさが言いとめられた。

石田波郷も

ニコライに鐘の愉しき落葉かな　『雨覆』

とよんでいる。この落葉はプラタナスやいちょうといった街路樹のものであろう。落葉を踏みながらニコライ堂の鐘の音を楽しんでいる。心の平安な散策の一とき。

おち葉してけろりと立ちし土蔵かな　一茶

『七番日記』所収。

欅であろうか、土蔵と並んで大木が立っている。さかんに葉を落としている。枝々に残る葉は多くはない。もう裸木に近い状態で、樹の姿があらわである。傍らの土蔵は、白壁の色が日を返して眩しいほどである。「けろりと」の表現が面白い。関わりのないといった表情だというのである。ここに土蔵の時代を経た、どっしりとした様子が見えてくる。この土蔵の上には深く青い空が広がっていたことだろう。

斎藤空華は

落葉尽き幹のみの高さ残りけり　『空華句集』

と、一茶の句の後の状態をよんでいる。樹の姿そのものに執した、一本気な真面目さである。一茶の余裕に比べると顔色がない。

林火先生は、歳末、家の大掃除のとき、必ず外出される。手伝うことのない先生が家に居たのでは掃除の邪魔になるからだ。先生はそのことを承知していて、仕事に協力しているのだ、と笑いながら一日暇をつぶしてくると言われる。編集雑務をしていたとき私も誘われてご一緒したこともある。先生のお好きな場所は外人墓地の周辺であった。代官坂を登り山手に出、外人墓地に至り、フランス山に入り、石段を下り、山下公園へ行くか、元町通りに入り、喜久屋に寄ってコーヒーを飲む。あるときは、代官坂から横筋に入り、プールのある急坂を登った。落葉がプールの面にも浮き、石段にも彩りをなしていた。落葉を踏む乾いた音が、静けさを一際感じさせた。こうしたとき先生は口を開かれない。句を醸している時なのだ。私も黙って後につき、落葉の音を聞き、空の青さを眺める。こうした歳末の送り方もいいものだ、と思った。しかし、いまだに、先生のような、ゆったりと歳末を送る生活が出来ないでいる。貧乏性なのかもしれない。

岨《そば》行けば音空を行く落葉かな　　太祇

『俳諧新選』所収。

「岨」は、けわしい山路。「音空を行く」が巧みである。木立の中を縫うようにして登る細道。あえぎあえぎ登って行く。ごうごうと木々を鳴らす風が頭上を渡る。その音につれて一時激しく枯葉が落ちる。落葉につられて仰ぐ。「空」は冬の晴天である。抜けるような青さ。乾燥しているから一層音が大きく響くのだ。

鈴木鵬于は

落葉すやはるかに底ゆく筏《いかだ》乗り　『蔓荊』

とよんでいる。眼前の落葉に視線が誘われ、はるか下方の川の筏乗りの姿に目が止まる。深山の静寂境。自然と人間の共鳴が一幅の絵のようである。

日の筋や落葉つらうつ夕眺め　暁台

『続明烏』所収。

小春日のあたたかな天候が受け止められる。夕日が木立から筋状になって洩れている。おだやかな初冬の庭に立って何を眺めるでもなく、ぼんやりしている。すると、顔に落葉があたる。はっとわれに返り、木立の上を見あげる。木洩れ日の筋に照らし出されるように落葉が降る。この木は特定出来ないが、欅とか楢といった木ではないか。「つらうつ」に乾いた木の葉の様子が感じられるからだ。顔うつ、ではなく「つらうつ」とした俗語表現が、ぼんやりした自分を嘲笑する気合を伝えている。そこはかとない愁いが添う句。

鳳朗は

夜すがらや落葉の音にそふこころ　『鳳朗発句集』

と、しきりに降る落葉の音にねむれぬ一夜の感懐をよんでいる。凋落の頃の気持の侘しさ、時節の移りへの詠嘆である。

私も高岡の友人の家に泊った夜、屋敷木の落葉の音にしみじみ旅愁を感じ、しばらくは寝つけなかった体験を持っている。

八幡城太郎は

いづこより降りくる落葉かとあふぐ　「青芝」

とよむ。風に乗って落葉が降ってくる。その来たる方向への興味である。虚子の「濡縁にいづくともなき落花かな」（『虚子全集』）の冬版といった句である。

待ちうけて経書く風の落葉かな　丈草

『雪の葉』所収。

『丈草発句集』には「芭蕉翁七回忌追福の時法華経頓写の前書あり」と出ている。また、

『芭蕉句選拾遺』には上五「待とげて」の形で収められ、長い前書、というより「芭蕉遠波忌追悼詞」という追悼の文が添えられてある。その最後の部分を引用しておく。「誠に古へより道徳に鳴り風雅に時めくはおほかれど、此翁のごとき、あと忍ばるゝしるしのおほきは、たぐひも稀なりけりと、たゞならぬいさをしのほど、猶むかし懐しきあまりに、山風の木の葉を集めて、けふのこゝろざしをかきつけ侍りぬ」とある。

「待ちうけて経書く」とは、古来インドで、貝多羅葉《ばいたらよう》という、棕櫚の葉に似て厚く固い木の葉に、針で経文をほった習慣にならい、落葉に経を書きつけた、というのである。そこに芭蕉追善の気持が表れている。常人は塚に参り読経して芭蕉を追懐するのだが、僧丈草は、僧侶としての修養の一端を表現したのである。丈草は先に、三年の心喪に服し、その行明けにも

石経の墨を添へけり初しぐれ　　　　『丈草発句集』

とよんでいる。句に添えられた「香語」の中に「野衲はひとり財なく病ある身なれば、なみ〳〵の手向も心にまかせず、あたり近き谷川の小石かきあつめて蓮経の要品を写し、その菩提を祈りその恩を謝せん事を願へり。誠に今更の夢とのみ驚く」とある。師を思う厚い情が伝わる。丈草はこの後更に三年間閉関禁足の行に入る。これも芭蕉追福の念を表す

ためであった。

こうした情厚い弟子に見守られている芭蕉は、死してもなお幸せな境遇を諾っていたことであろう。

「待ちうけて」とあるから、落ちている葉を拾うのではない。風によって落された葉を即座に手にうけて、法華経の一字を書き、又次の葉を待ち取って書く。ここには早く書きたい、という気持の逸りが表れてもいる。いかにも多羅葉を一枚一枚取って書く古代の僧の姿のようだ。丈草の真顔が見える。

日野草城の

高きよりひらひら月の落葉かな　『花氷』

は、高浜虚子の「桐一葉日当りながら落ちにけり」（『虚子全集』）の昼間の景に対応する、夜の落葉の美しい景である。

手ざはりも紙子の音の落葉かな　許六

『正風彦根躰』所収。

「紙子」は殆ど見られなくなったが、『月令博物筌』に「老人の着て軽くて風を防ぐゆゑに製するなり」とあるように、昔は防寒衣として愛好された。厚い和紙に柿渋を塗り、幾度も日に乾し、一夜露にさらし、手で揉み柔らかにして衣に仕立てる。胴の前後二十枚、左右の袖四枚、裏がついて四十八枚の紙を用いた。奥州白石、駿州安倍川、紀州の華井、摂州大坂が名高い産地であった。

厚紙をもんで柔かくしたものだから、どうしても立居にごわごわとした音がする。したがって紙子をよんだ句には音が多い。「音するは立居の友やさら紙子　来山」(『続今宮草』)、「松風にこそつかせたる紙子かな　涼菟」(『初蟬』)、「此の上は袖のあらしやもみ紙子　言水」(『六百番発句合』)などがある。許六の句は、紙子をよんだ句ではない。落葉を拾ったときの感じをよんだものである。そこが面白い。ともに乾き具合も、がさこそという音も似ている、というのだ。紙子は庶民の着る物だけに、彦根藩士たる立派な武士には、表向きには用はなく、くつろいだときのみ着たものであろう。落葉に触れ、その乾いた音にいささか心侘しくなっている様子が受けとめられる。

主な参考文献

『山の井』 季吟 正保五年（一六四八）
『誹諧御傘』 貞徳 慶安四年（一六五一）
『滑稽雑談』 其諺 正徳三年（一七一三）
『華実年浪草』 鹿文 天明三年（一七八三）
『改正月令博物筌』 洞斎 文化五年（一八〇八）
『増補俳諧歳時記栞草』 馬琴 嘉永四年（一八五一）
『俳諧大辞典』 明治書院 昭和三十二年（一九五七）
『図説俳句大歳時記（春・夏・秋・冬）』 角川書店 昭和三十九年（一九六四）
漢詩大系『唐詩選』上・下他 集英社 昭和四十年（一九六五）
日本の詩歌『三好達治』他 中央公論社 昭和四十二年（一九六七）
日本古典文学全集『松尾芭蕉集』『近世俳句俳文集』他 小学館 昭和四十七年（一九七二）
『現代俳句辞典』 明治書院 昭和五十五年（一九八〇）

その他多くの先学の著書から学恩をいただきました。特に、本書の例句等は『図説俳句大歳時記』に拠りました。記して感謝の意を表します。

あとがき

私は平成十九年十二月十四日満七十歳となった。六十五歳で静岡県立大学を定年退官し、浜松学院大学開学のため、五年間の約束で再就職した。したがって、二十年三月で退任することとなった。教壇生活四十六年間であった。

満齢古稀と、長い教職を去る記念になる本を出版したいと思った。本書の基になったものは、恩師中村俊定先生のご紹介によって、横浜市から発刊されることとなった、シルバーエイジの団体の季刊誌「瓦斯燈《がすとう》」（上野蕗山主宰）の創刊号（昭和五十九年三月。終刊号平成五年十二月）から三十六回にわたり連載したものに加筆訂正したものである。上野蕗山氏は一時、大野林火門であり、のちに野沢節子氏の「蘭」の同人として活躍された方で、連載後は大変お世話になった。

本書出版に当り、句集出版時お世話いただいた、「俳壇」編集長田中利夫氏に内容検討を依頼、格別のご配慮をいただいた。担当の安田まどか氏は繁を厭わず丁寧な編集をして下さった。記してお礼申し上げる。

まさに人とのご縁によって本書が世に出ることになったのは、記念出版に誠に適うことと喜んでいるところである。

平成二十年一月大寒の日

関森勝夫

著者略歴

関森勝夫（せきもり　かつお）

昭和12年12月14日、横浜市に生まれる。
昭和41年早稲田大学大学院文学研究科日本文学専攻修了。静岡県立大学名誉教授。俳誌「蜻蛉」主宰。俳人協会評議員、国際俳句交流協会評議員、日本文藝家協会々員。平成２年研究と評論活動とにより第４回静岡市学術芸術奨励賞受賞。

著書『難解季語辞典』（東京堂出版）、『四季の俳句』（おうふう）、『文人たちの句境』（中公新書）、『近江蕉門俳句の鑑賞』（東京堂出版）、『静岡県俳句紀行』（静岡新聞社）、『四季のはな』（静岡新聞社）等。

句集等『鷹の眼』（浜発行所）、『親近』（角川書店）、『鳳舞集』（北溟社）、『羽衣』（毎日新聞社）、『志太』（富士見書房）、『自註シリーズ関森勝夫集』（俳人協会）『続自註シリーズ関森勝夫集』（俳人協会）、『漢訳関森勝夫集』（蜻蛉社）、『漢訳関森勝夫集㈡』（蜻蛉社）など。

時季《とき》のたまもの――季語35を解く

2008年３月３日　第１刷

著　者　関森勝夫

発行者　本阿弥秀雄

発行所　本阿弥《ほんあみ》書店

東京都千代田区猿楽町２－１－８　三恵ビル　〒101-0064
電話　03-3294-7068（代）　振替　00100-5-164430

印刷・製本　日本ハイコム株式会社

ISBN 978-4-7768-0455-0